君は僕のエレジーみたいだ

星埜《ほしの》まひろ

目次

完璧な夜

僕はすごく単純な人間だ。

朝食の目玉焼きが上手く半熟に作れたら、それだけで1日が幸福に変わるくらいには。

僕はすごく簡単な人間だ。

それは時には良いことだと思うけれど、正しいことかどうかはわからない。

学生時代の友人に食事に誘われて、電車で最寄りの駅に帰ってきたのは21時過ぎだった。

駅前の駐車場にはまばらに車が停まっていて、同じ電車でここまで帰ってきた人たちが、それぞれの車に駆け寄っていく。

胡散臭く光る3台の自動販売機が、僕を照らす。気がつけば外に立っているのは僕1人だけだった。

駅を出て右側の歩道橋を渡れば、すぐ我が家だ。

でも今日は、なんとなくまだ家に帰りたくなかった。久々に友人と会えて楽しかったからなのか、それともたまたまそんな気分になったのか。それは僕にもわからない。とにかく僕は単純な人間だ。僕は左側の道へと足を進めた。

初めて通る道なわけではなかった。今よりもっと若かった頃、高校生の時だ。1度だけ探索したことがある。誰も客の入っていない酒屋、シャッターが降りている店しかない商店街。犬の散歩をするおばさん。ブランコもない公園。

約10年ぶりに通るその道は、あの頃味わった気持ち以上のものはくれなかった。ただ無表情に続く道。もう少し歩けば大きい道路に出る。引き返そうか突き当たりまで行こうか迷ったけれど、進んでみることにした。

突然、ぽつんと灯る光が僕を照らした。

街灯もまばらな道だ。周りはアパートの窓のカーテンの隙間から蛍光灯の白々しさが漏れていたので、くたびれた太陽みたいな灯火だけが夜を泳いでいるようで目が離せなかった。

確かにその光は、僕を呼んでいた。

近づいてみると、その灯火はドアの隣にかけられた看板の光だった。『喫茶カンパネラ』と書かれている。看板の黒文字は、少しだけ錆び付いて赤茶色くなっていた。

看板が光っているということはまだ営業中なのだろう。お世辞にも賑わってるとは言えないこの町では、19時以降もやっている店ですら稀なことなのに、こんな時間までやっている店があるなんて。10年以上この町に住んでいるのに知らなかった。

入ってみようか。ドアノブに手を伸ばしても、今ひとつ勇気が出ない。少しだけ年季が入っているドアだったから？　初めて入る店だから？　そんなことは戸惑う理由にはならなかった。ただ何故か、僕の右手は夏だというのに震えていた。

ふと振り返ると、通行人がこちらを見ている。それはそうだ。ずっとドアの前で動かない人間がいたら、僕だって同じような顔をするだろう。こいつは何をしているんだと。

勇気は出なかったが、このまま帰りたくはなかった。ようやく僕は右手に力を込め、重いドアを押した。

ドアの上に小さなベルがかけられており、開けた瞬間カランカランと小さな音が頭上で鳴る。まるで天国に来たみたいだ。

「いらっしゃいませ」

低く囁くような声に引き寄せられ、1歩足を進める。

外にかけられていた看板は眩く光っていたのに、店の中は妙に薄暗く、ＢＧＭもかかっていない。カウンターに椅子が3席、２人掛けの席が2席と、ずいぶんこじんまりとしている。店内に客は誰もいなかった。

「お1人ですか？」

カウンターの向こうで、この店の主人であろう女性が僕の目をまっすぐ見て尋ねた。

その瞬間、僕は簡単になってしまった。

「ああ、はい」

少し声が上ずる。

女性は耳が遠いらしい。音も鳴っていない店内だというのに、僕の言葉が聞こえなかったのか少し眉を八の字にしてみせた。

「えっと、1人です」

今度はもう少し大きな声で喋ってみる。女性の眉が平行に戻る。

「ああ、じゃあカウンターに」

「あ、えっと、あっちの席でもいいですか」

僕は2人掛けの席を指差した。

「いいですけど」

今度は眉を曲げることはなかった。

店の奥に進み、カウンターが見える位置に座る。壁紙は白とも黄色とも言えない独特なクリーム色をしていて、妙に落ち着かない。でも、それは黄ばんでいるわけではなく、最初からその色のようだ。その証拠に店内はすごく整頓されていて、埃ひとつない。床は薄暗い照明が反射するほどピカピカに磨かれているし、全てのテーブルに置かれているナプキンやメニュー表は全く同じ場所に配置されている。そんな店の壁が、黄ばんでいるわけがなかった。

メニュー表を開いてみる。ドリンクはコーヒーとミルク、フードはナポリタンとサンドイッチの2つのみだ。シンプルなのかこだわりが強いのか判断がつかないメニューだった。

「すみません」

特に迷うこともないので、僕はすぐに女性を呼んだ。カウンターの奥で腰掛けていた女性が、ゆっくりと重い腰を上げこちらに歩いてくる。少しも急ぐ気のないその足取りに、僕は美しさを感じた。革靴の音がコツンコツンと響く。狭い店なのに、どこか遠いところから女性が来るようだ。

「お決まりですか」

メニューは4つしかないにも関わらず、女性は律儀にもメモとペンを持っていた。

「えっと、はい」

何故かこの店に入ってから、上手く言葉が出てこない。

顔を上げると、女性と目が合った。

「あの、声が、とても、綺麗です」

咄嗟に出た言葉は、放った後で僕を驚かせた。そんなことを言うつもりは全くなかった。

「はあ、どうも」

教科書に書いてある文字を読み上げる時のような、淀みなく響く感謝の言葉には、不穏な響きは特に感じられなかった。

右手に持っているペンが左右に揺れる。僕の次の言葉を待っているようだ。

「いや、すみません。えっと、ミルクをください」

「ホットですか、アイスですか」

「ホットで」

「かしこまりました」

女性はメモに注文を殴り書き、またゆっくりとカウンターへと戻って行った。少し猫背の後ろ姿と、緑色のエプロンの蝶々結びを、目に焼き付ける。

この真夏にホットミルクなんて頼む客は僕しかいないらしく、女性はカウンターに戻って鍋を探しているようだった。ガチャガチャふと忙しなく金属がぶつかる音が店内に響き渡る。きっと何かしら鍋はあるのだろう。でも、ホットミルクを作る鍋だけが見つからないのだ。

ようやく鍋が見つかったらしく、チチチとコンロの火をつける音がした。どうやらカウンターで全てのことがまかなえるらしい。女性がミルクを作るのに集中しているのをいいことに、僕は店内をキョロキョロ見回すついでに、女性のことを凝視した。

こまめに白髪染めをしているのだろう。ほんの少しだけ茶色い髪の毛は、根本の数ミリ程度しか白髪がない。綺麗に後ろで束ねられ、きっちりアイロンがかけられたシャツによく合っている。化粧っ気がないのにやけに頬がピンクに色づいていて、それがまるで少女のようで無表情な女性の顔つきを可愛らしくさせていた。白髪の生え方や顔立ちから見て、おそらく50代半ばだろうか。あまり笑うことのなさそうなその顔には、余計な皺は刻まれていなかった。

コンロの後ろの壁には、食品衛生責任者の札がかけられていた。『高橋小雪』と書かれている。おそらく女性の名前だろう。

高橋小雪は、白いミルクを小さな鍋に入れて、焦げないように木べらでミルクをかき混ぜている。杖を握るように、しっかりと5本の指を使って木べらを握っている左手。薬指には銀色。

コンロの真後ろに置かれた焦げ茶色の棚には、色とりどりの食器が飾られている。高橋小雪は1番上の棚から小ぶりの青いカップを取り出した。それは背伸びをしなければ届かないような場所に置いてあった。背が低くて猫背の高橋小雪にとっては、その場所は不釣り合いだったし、何よりその場所以外にもカップはたくさん置いてあったのに、わざわざその青いカップを彼女は選んだ。

膜が張られたミルクが、選ばれた青いカップに注がれる。湯気の奥に、微笑む高橋小雪の顔が確かに見えた。微笑みと呼ぶには、なんとも不器用なその唇は、僕が立ち上がってしまう理由となるには充分だった。

静かな店内に、ガタっと椅子から立ち上がる音が響き渡る。高橋小雪の瞳に、僕が写っている。

「僕、富永優斗って言います。28歳です。目玉焼きが好きで、毎朝欠かさず食べます。それで、えっと、あなたの声が、いや、あなたのことが好きになりました」

言い切ったあとも、しばらく息を吸うのを忘れていた。呼吸を止めたまま、湯気越しに高橋小雪を見る。もうあの不器用な笑顔はそこにはいない。

「ありがとうございます」

サッカーボールのように大きくて、真夜中のように真っ黒い2つの光の向こうには、煌めいた僕が2人立っている。

僕は黙って席についた。

何事もなかったように、高橋小雪はゆっくりとした足取りでミルクを運んできた。

「お待たせしました。ホットミルクです。ごゆっくりどうぞ」

「ありがとうございます」

僕も何事もなかったように運ばれたミルクを見る。まるでここだけ冬のようだ。窓もないこの店は、蝉の鳴き声も聞こえない。

ふうっと息をカップに吹きかけて、火照りとミルクを冷ます。コーヒーが飲めないわけではないけれど、あの黒い液体を見ると、高橋小雪に見つめられている気分になるかもしれないと思ったのだ。それほどまでに彼女の瞳は、吸い込まれるように黒く美しかった。

本当は、彼女の声に包まれる前から決まっていたのかもしれない。あの目を見た時から、ドアノブを握る手が震えていた時から、突き当たりまで歩こうと決めた時から、いつもとは違う道を行こうと思いついた時から、友人に食事に誘われた時から、僕が生まれた時から。僕がこうなってしまうことは運命づけられていたのかもしれない。そう思ってしまうくらいには、あまりにも高橋小雪は完璧に僕の心臓を暴れさせた。

いつもこんな風に、人を好きになるわけではない。ましてや面と向かって誰かに好きだと言ったことなんて、幼稚園の卒園式で泣いている担任の先生を慰めた時くらいなものだ。

最後に人を好きになったのは、高校3年生の時だった。コンビニでバイトをしていた時に一緒に働いていた1つ年上の女子大生だ。

笑顔がキラキラしていて、誰にでも優しくて、太陽みたいな人だった。僕は口下手で、面白いことなんて言えない人間だけど、その人はいつでも僕の言うことに笑ってくれた。気がついたら、僕の生活はその人のことを考えるだけの日々になった。

結局告白することも、連絡先を聞くこともなく、僕は高校卒業と同時にコンビニのバイトを辞めた。辞めてからはそのコンビニに立ち寄ることもなかった。その人を町で見かけることもない。ただ好きだという気持ちだけが何年も残った。

気がつけば僕もずいぶん大人になり、風の噂でその人が遠い町で結婚した話を聞いた時には、僕の生活は目玉焼きが上手に焼けただけで幸せに思えるような、ありふれた日々になったのだ。

それがつい2年前のことで、それからは仕事終わりになんとなく散歩したり、ちょっと高い毛布を買ったり、そういう温かい気持ちになるようなことに時間やお金を使っていた。一人暮らしの侘しさにはちょうどいいくらいの幸福だ。

でも僕の生活は、これからそんな温かい日々とは無縁のものになるだろう。見すぎてはいけないとわかっていても何度も目で追ってしまうこと、理由なんて言えないのにどんどん気持ちだけが募っていくこと、家に帰れば今日交わした全ての会話を思い出して眠りにつくだろう。僕にはわかっている。僕は簡単な人間だってことが。

何も考えずミルクを啜っていたから、あっという間に飲み干してしまった。高橋小雪は椅子に腰掛けて新聞を読んでいる。ずっとその姿を見ていたいと思った。

「お会計お願いします」

僕は椅子から立ち、カウンターの方へと歩いた。僕がそこまで近づいても、高橋小雪は気づかなかったので「あの、お会計」ともう一度声をかけた。高橋小雪は少しも急がず、ゆっくり立ち上がる。

「ああ、ありがとうございます。400円です」

財布からちょうど400円を取り出す。カウンターには小銭置きがなかった。そのままカウンターに直接置こうか迷ったけど、僕は400円を握ったまま、拳を高橋小雪へ向けた。彼女は少し驚いた顔をしたが、よくあることだったのか黙って両手を差し出してきた。

恐る恐る握った拳を開くと、4枚の小銭が吸い込まれるように高橋小雪の手に落ちていく。それはまるでスローモーションのようで、永遠に感じる時間だった。汗で湿った僕の掌に張り付いて、かすかに1枚だけ遅れて小銭が落ちていく。僕は咄嗟に小銭を追いかけるようにして掴もうとした。その瞬間、僕の指と高橋小雪の掌が触れ合った。生ぬるく、少し乾燥している。僕の手も同じような温度で、触れているのに溶け合っているみたいだった。

わずか1秒の触れ合いに痛みを覚えつつ、僕は手を引っ込めた。小銭は4枚とも高橋小雪の掌の上だ。

「ちょうどですね。ありがとうございます」

高橋小雪が自分の財布に400円をしまう。今気づいたが、この店にはレジというものがない。

「美味しかったです、すごく」

僕はどうにかこの時間を引き伸ばしたくて、思いついたことを話した。

「ありがとうございます。光栄です」

「お名前、高橋小雪さんって言うんですか」

「え？」

高橋小雪は眉を八の字にした。

「あ、いや、壁に、食品衛生の」

僕は慌ててコンロの奥の方を指差した。高橋小雪は一瞬後ろを向いてから、すぐに安心したような顔を見せた。

「ああ、そうです。高橋って言います」

「急にすみません」

「いいえ、大丈夫ですよ」

沈黙が流れる。もうこれ以上は引き止められないだろう。

「また来ます」

「ぜひ、よろしくお願いします」

軽く会釈を済ませて、僕はドアの方へ体を向けた。後ろには、僕を見つめる高橋小雪がいるのだろう。振り返りたい。振り返って、またその瞳に写りたい。そう思いながらも、僕はなんとか足を進め、少し古びたドアを引いた。

ドアを閉めるとやっぱりそこは夏で、それに気づいてから、僕はもう自分のことが抑えられなかった。ただがむしゃらに走った。家までのいつもの道まで、全速力で、子供のように。

家に帰ってからも、案の定僕の頭の中は高橋小雪のことでいっぱいで、あの店では気づかなかった様々なことがシャワーを浴びている時も、歯を磨いている時も、布団に入ってからも溢れて止まらなかった。

ホットミルクを作っている間、俯いた時に見えるまつ毛が長かった。シャツの第1ボタンは開けていて、そこから見える鎖骨が魅惑的だった。スラックスからのぞく白い靴下はスポーツブランドのロゴが見えて、店内にはコーヒーの匂いが充満しているのに、高橋小雪からは花の匂いがして、でもそれは香水なんかじゃなくて、洗いたての洗濯物みたいに柔らかかった。

些細だけど、確かにそこにあったことが、透明な映画として天井に浮かんでいる。目を閉じても、開いても、そこには同じ光景がある。

今日の僕の運命が夜で良かったと思った。もう少し明るければ、僕はあの灯に気づかずドアを開けていなかっただろう。

眠りにつく1秒前まで、僕は高橋小雪のことを考えていた。

朝になっても僕の気持ちは落ち着かないままで、2年ぶりに目玉焼きの黄身を固くしてしまったけれど、それでも幸福な気持ちは止まらなかった。

もう会いに行きたかった。幸いにも、昨日も今日も仕事は休みだ。だからまた会いに行ける。本当はすぐにでも行きたかったけど、今はあまりにも朝過ぎる。

だからと言って家にいてもやることはなかった。時計とにらめっこをしても、時間は一向に進まない。

ずっと天井を眺めて時間を潰し、なんとか19時になった。持っている服の中で1番鮮やかな青色のシャツを羽織り、家を飛び出す。勢い余って下駄箱に小指の足をぶつけてしまった。

少し早歩きをする。走って汗をかきたくなかった。でもすぐに高橋小雪の顔が見たかった。

夏のせいで、この時間の空はまだ夜とも言えない色だ。オレンジと薄紫が行ったり来たりしている。そのせいで、もし今日あの光が見えなかったらどうしようか。

駅からではなく家から向かうあの道は、右も左もない。ただまっすぐだ。僕がいつも選ばない道が、眼の前に広がっている。まだあんなに遠いのに、何よりも光っている看板が見える。

選ばないだけで、今まで何度も目にしてきて、何年も知っているどこにでもある道だ。それなのに、もうその道は僕にとって特別な道になってしまった。今までは薄ぼやけて見えたのに、しっかりと輪郭を持ってそこにある。あんなに遠くで光っているのに、あの店の灯しか僕には見えない。こんなのっておかしい。いや、僕だけがおかしくなってしまったのか。

昨日はなんとなく適当に歩いていたのに、今日の僕はたった1つの目的のために、着実にあの店へと足を進める。看板の光が徐々に近づいていく。

店の前まで来ると、さっきまでの興奮が嘘みたいに冷めていくのがわかった。自分が昨日どれだけおかしな発言をしていたか、今更思い出して恥ずかしさで死にそうになる。

それでも、僕にこのドアを開けない選択肢はなかった。

ドアを開けた瞬間、すぐに高橋小雪の姿が見えた。

「ああ、いらっしゃいませ」

高橋小雪は食器を洗っていた。僕に気づくと持っていた食器を置き、タオルでゆっくりと指の先の水滴まで丁寧に拭いた。

「どうも」

僕は自分の中の高ぶりを隠すように、なるべく低い声を出した。

「あっちの席ですか？」

高橋小雪が2人掛けの席を指差す。

「いや、今日はカウンターで」

「かしこまりました。どうぞこちらへ」

水道に近い角の席に座る。ちょうど洗い物をしていた彼女に1番近い席だ。

店内は今日も人がいなかった。おそらく昼間に賑わっているのだろう。

「何にします？」

メニューを開く前に高橋小雪は尋ねてきた。昨日よりも少しくだけた声音が、音のない店内に美しく響く。

「えっと、ホットミルクで」

「かしこまりました」

高橋小雪は昨日よりも慣れた手つきで鍋を棚から取り出し、冷蔵庫から出したミルクを注ぎ入れる。

意外にも高橋小雪はすぐに返事をしてくれた。


「あの、昨日はすみません」

「なんですか？」

話しかけない方がいいかと思ったが、どうしても話しかけずにはいられなかった。意外にも高橋小雪はすぐに返事をしてくれた。

「その、僕が昨日言いたかったのはですね」

突然すぎる昨日の自分の行動を思い出すと、肝心な言葉が出てこない。口元だけがモゴモゴと動く。

「からかったとか、そういうことではなくて、その、本当ではあるんです」

「ええ、わかってます。気にしないでください」

「本当ですか？」

「嘘だとは思ってませんよ」

まさかこんなふうに自然に話せるとは思っていなかったから、その後に何を話せばいいのかわからなくなってしまった。きっと、ミルクを作り終えれば話も終わるだろう。コトコトと煮込まれているミルクは、ほとんど完成しているように見えた。

「僕、簡単に人に好きとか言いません」

「そうなんですね」

「初めてなんです、こんな気持ち」

高橋小雪は唇だけに笑みを浮かべて、コンロの火を止めた。後ろを振り向き、棚からカップを取り出そうと背伸びをする。またあの青いカップだ。1番高いところに置いてある青いカップ。

「どうして、そのカップなんですか？」

「え？」

僕の突然の問いかけに驚いたのか、指先だけがカップをかすめ、高橋小雪は青いカップを取ることが出来なかった。背伸びをやめて、高橋小雪は僕を見る。

「もっと取りやすいところに他のカップがあるのに、どうしてその青いカップを取るんだろうと思って」

背伸びをしなくても手が届きそうな棚に、様々な大きさ、様々な色のカップが置かれている。1番下の棚には、水色のカップがあった。

高橋小雪は腕を組み、考えるような素振りを一瞬して、すぐに口を開いた。

「富永さんがお店に入ってきた時、21時なのに空は真っ黒じゃなくて、晴れた藍色に見えて。それが、このカップの色とそっくりだったから、このカップにミルクを注ぎたくなりました」

「そ、そうですか」

　自分で答えを求めたくせに、そんなことよりも自分の名前を彼女が口にしたという事実が、僕の心を弾ませた。

　確かに昨日は明るい夜だった。すぐに帰りたくない理由になってしまうくらいには。

「もし今日初めて来店されてたら、薄紫色のカップにしていたかもしれません」

　彼女はまたなんとなくぎこちない微笑みを顔に浮かべて、今度はしっかり棚から青いカップを取り、ミルクをカップに注いだ。

「お待たせしました。ホットミルクです」

「ありがとうございます」

「今日の富永さんのシャツは、このカップにそっくりですね」

「え、あ、えっと」

　他愛もない雑談が出来るとは思っていなかったので、僕の返事は甲高く格好悪いものになってしまった。

「その、はい。なんとなく、僕もそう思ったので」

「よく似合っています」

　真っ直ぐな褒め言葉に顔を上げることが出来ず、ただただミルクを見つめた。あとはこれを飲み干して、またあの道を帰るだけだ。

「それにあなたは、ミルクも似合いますね」

高橋小雪は、鍋を洗いながら話し続ける。

「どうしてですか？」

顔を上げると、水に濡れた高橋小雪の手がすぐそこにある。洗い物のしすぎだろう。ところどころ指は切れて、赤くなっている。一生懸命生きてきた証のような手は、僕が見てきた手の中で最も美しかった。

「28歳なのに、子供っぽいです」

視線を手から顔の方に変える。高橋小雪は僕がどんなに見ても、僕の視線に気づかない。彼女は丁寧に鍋を洗い続けている。

「覚えてたんですか、僕の歳」

「大きな声で言ってくれましたから」

「あなたは、おいくつですか」

「それは、秘密です」

まるで惹かれ合う男女のような会話が、自然にその場を明るくした。

「まだ2日しか来てませんけど、僕はこのお店が好きになりました」

「ありがとうございます」

高橋小雪は今日は1度も座っていない。

「何年もこの町にいたのに、どうして今までここがわからなかったんだろう」

「そういうものですよ」

「そういうものですか」

「ええ」

既にミルクは冷めていた。一気に飲み干す。酒でも飲んだみたいに僕の顔は火照っていた。

「お会計、お願いします」

「ありがとうございます。400円です」

僕は400円ちょうどをカウンターの上に直接置いた。

「コーヒーもミルクもメニューにあるのに、カフェオレは作らないんですか」

「老体には難しい飲み物ですね」

冗談めかして笑う高橋小雪を、僕はちゃんと好きだと思った。これからもっと、その理由は増えていくだろう。

「ありがとうございます」

「また、よろしくお願いします」

店を出て、家までの道を真っ直ぐ歩く。振り返ると、やっぱりあの看板が1番光って見えた。

僕が帰った後、あの人はあの青いカップを片付けて、店を閉め、どこかに帰る。僕の知らない顔で笑い、僕の知らない顔で泣く。当たり前の話だ。

空はもうとっくのとうに完璧な夜になっていた。煌々と光る看板が、1番美しい時間だ。単純なことだろうか。あの光を辿っていくことは。これから犬のように尻尾を振って、小さな繋がりに喜ぶ僕が目に浮かぶ。それが滑稽でどこにも結ばれはしないことは、知っている。あの人は誰かの妻で、僕はミルクみたいな子供だ。

きっと僕は、もうどこにも行けやしない。この町で、この道を歩いていくだけだ。こんな日々に、なんの意味もない。高橋小雪はよく知らない女性で、2日間だけ、たった数時間だけ会った女性で、これから知っていくにはもう遅すぎるというのに。

あの道はどこにも繋がっていないとわかっている。でも僕は歩いていくのだ。あれは光ではなく、僕だけがわかる魂だから。

おやすみ弁慶

愛でも恋でも構わないくらいに好きで溢れていた。そんな事を思うのは、17歳と11ヶ月の頃以来だ。僕は27歳と4ヶ月になった。

君が目の前にいる。


初めて君と会ったのは、留置所だった。

檻の中で寝そべっている僕を、留置担当官が呼ぶ。ゆっくり立ち上がると、檻のドアが開かれ、今まで檻の中で自由にしていた体は手錠によって不自由になり、縄で体をくくられ前に進めと促される。2つのドアを通過し、3つ目のドアが開かれると、そこには小さい女性、いや、君がいた。

目が合う。1、2、3。その後はうまくカウントできない。それでも目は合い続けたままだ。その眼差しは逃げようのないものだった。誰かに似ていると思った。

弁慶だ、弁慶に似ている。弁慶を見たことはない。そして弁慶は大柄な男だ。でも、彼女は、君は、弁慶だった。

射るように人を見る眼差し。それはただの真顔だ。でも僕は一気に吸い込まれる。逸らすことはできない。先に視線を外したのは君だった。真っ直ぐ切り揃えられた君の前髪が、扇風機の風で小さく揺れている。

無言のまま、空いている椅子に腰掛けろと手で合図する。僕は両手をぎゅっと握り締め、君を見つめながら向かい合わせの席に座った。椅子に座ると、体についていた縄がほどかれる。手には手錠がつけられたまま。縄を持って、留置担当官が部屋から出ていった。

「はじめまして」

君のはじめましては、親愛がこもったものではなく、形式的に言う記号のようだった。

「はじめまして」

真似して形式的なはじめましてを返す。それ以外の会話はもうどうだってよかった。多分形式的な受け答えをしたのだと思う。僕が首を絞めたあの女の話とか、僕が幼い頃好きだったものとか。君の斜め後ろの席に座る男が、僕の言ったことと、君の言ったことをパソコンで打ち込む。

時間が来た。男が打ち込んだ内容を君は丁寧に音読し、それらに間違いがないか何度も僕に聞き返す。僕が間違えはないと答えると、君は男の方を振り返る。君は何も言わないが、目で合図をしたようだ。男が留置担当官を呼びに部屋から出ていく。

その瞬間だけが、２人の時間になった。

時間にして10秒にも満たない時間だったと思う。僕はそれが、形式的なはじめましてと同じくらい愛おしく感じた。君は僕を見ない。あんなに僕を見ていたのに、その数秒間、

1度も僕の目も、僕の肌も、髪の毛さえも目に入れようとしなかった。

男と一緒に、留置担当官が部屋に入ってきた。君が顔を上げる。

「じゃあ、また」

と君は言う。僕は何も言わないで留置担当官を見る。彼は縄を持って僕に近づく。縄が体に巻きつけられる。立ち上がるように促され、2時間ほど座っていた椅子から腰を上げる。この部屋には時計がないので正確な時間はわからないが。

「おやすみなさい」

歩こうとした瞬間、君は僕を見て言った。今度は僕を見た。形式的に。

部屋を出ると、僕はまた檻の中に入れられた。いつもは布団は自分で用意しなければいけないが、今日は既に用意されている。

「就寝時間を過ぎているので、用意しておいた」

留置担当官が檻の外から淡々とした口調で話す。壁にかけられていた時計に目をやると、既に11時を過ぎていた。寝る時間を2時間もオーバーしている。ということは、僕は4時間もあの弁慶と話していたらしい。

「明日の起床時間は遅らせてもらえ」

「可能なんですか」

「他の職員には伝えておく」

「ありがとうございます」

布団の上に正座したまま、頭を下げる。そのまま担当刑務官は出ていった。

4月のくせに、毛布をかぶらないと檻の中は寒かった。ただ、目を閉じて君のことを考えると、心の奥からじんわりと体温が上がっていく音が聞こえてくる。君は、どこでもない、誰でもない目で僕を見つめた。恋人だった人も、母だった人も、僕をそんな目では見なかった。生まれてくる前に、知るべきだったような眼差し。僕を浮かばせて泳がせる。

次に君が来たのは、初めて会った日から3日後だった。あの時話した内容をまた確認する作業から始まり、今度は少し核心に迫る質問をしてきた。殺意はあったのかどうか。なぜあの女の首を絞めたのか。そんなことは僕にはどうだってよかったけど、弁護士の先生が言っていた通りに質問に答える。君は僕が「殺意はありませんでした」と言うと、右の眉毛をピクリと動かした。その仕草が、好きだなと思った。

「殺意が無いのに、人の首を絞められるんですか」

その言葉には、怒りや敵意は含まれていなかった。

僕は「はい」とだけ答える。それでその日の話はおしまいになった。

2日おきか3日おきに、君は僕に会いにきた。基本的には僕の行いや生い立ちについて話したが、たまになんの関係もない話を君はした。好きな音楽は何か、あのアニメは見たことがあるか、そういう話をする時の君は、弁慶みたいじゃなかった。まるで別人のような君は、街の中で見かけてもきっと探し出せないくらいありふれた表情をしていて、僕はそれが嫌だった。

　これが最後だと言われたのは、君ではなくいつも君の後ろで黙々と記録係をしている男の口からだった。不思議とショックな気持ちはなかった。いつかそういう日が来るのはわかっていたし、僕はただ外に出られるか、外に出られないかを待つことしか出来ない。

「もし外に出られたら何がしたい？」

　僕の心を見透かしたように、君が問いかけてくる。

「あなたの使っている柔軟剤が、知りたいです」

「冗談も言えるんだね」

　初めて君が笑った。笑うという行為は、君の魅力を全て削ぎ落とした。

　取り調べはほぼ全て終わり、君は最後に「おやすみなさい」と言った。その言葉を言ったのは、初めて会った日以来のことだった。今はまだ真昼だと言うのに。その言葉は、檻の中で眠りにつくまで、僕の耳にまとわりついて離れなかった。おやすみなさいという言葉をかけられたのが、生まれて初めてだというだけで。まるでそれが人生を変えたみたいに大袈裟に。

あの女のことが好きだった。離れたくなかった。一生幸せにしようと思ってた。それを伝えても僕から離れてしまうから、知らない男のところに行ってしまうから、そんな理由で人の首を絞める僕は、多分つまらない人間だ。

今でも覚えている。両手の親指2本で思い切り体重をかけて触れられる場所。人の首の真ん中には少し硬い骨がある。あとほんの少しだけ力をこめていたなら、体重をかけていたなら、きっと砕けてしまうような少しだけ硬い骨だ。首を絞めたら人の目玉は蛙のように飛び出すのだ。顔や首は真っ赤になり、やがて少しまだらな紫色になる。反対に舌はどんどん真っ白になっていって、空気で乾燥して唾液がどんどん乾いていく。ゲコゲコ、ゲホゲホ、ゲロゲロ。

そんな行為に殺意がないと言える僕に、おやすみなさいと君は言うのだ。

君と話していた時間の何倍をあの女と過ごしていただろうか。その時の僕と、今の僕ではきっと全く違うのに、その時の僕もいないと、今の僕にはなれないのだ。誰かの首を絞めないと、君に会えないのだ。

家庭裁判の結果､僕は1年間少年院に行くことになった。足りないなと思った。僕がたった17歳と11ヶ月だったから。子供はずるい。僕は子供だ。

君とはもう会えない。

自分の罰が決まる時にさえ、僕は今もおやすみなさいの言葉を待っていた。

少年院で過ごすようになって半年後、君は突然現れた。

「元気にしている？」

面会室のソファに座っている君は、初めて会った時のように僕の目を見つめる。あの時と違うのは、僕の手には手錠がはめられていないことと、君の眼差しが痛くないことくらいだ。

「はい」

「また会うことになったね」

「はい」

「あなたと被害者の共有の私物を、こちらで処分する手続きをしたくて。指印をもらってもいいかな」

「わかりました」

初めて僕から目を逸らしたのは、もうそんな話をしたくないからだった。今の僕は、あんなにつまらなかったゲームやアニメの話が聞きたかった。

「こっちを向いて」

俯く僕に向かって、君はおやすみなさいを言う時みたいに、滑らかに僕の心に滑り込んできた。顔を上げて、君の目を見る。1、2、3。その後はうまくカウントできない。それでも目は合い続けたままだ。

「あなたは、悪い子じゃないよ」

弁慶みたいな人だった。今の僕は出会った頃の牛若丸か。それとも別れる時の義経だろうか。

「あなたは、悪い子じゃないからね」

何を答えればいいのか、僕にはわからなかった。

「おやすみなさい」

だから、1番言われて嬉しかった言葉を伝えた。君は、それには何も返してくれなかった。

その日の晩、布団の中でも僕の右手の親指は赤いままだった。僕はあまりにも愚かだ。

僕は27歳と4ヶ月になった。

あの日から1度だって忘れたことはなかった。すれ違った瞬間に君だとわかった。振り返れば少し遠くで仁王立ちで立っている君がいる。たくさんの人混みの中で、知らない街の知らない道で。矢のような雨が降り注ぐ昼下がりに。

今でも、愛でも恋でも構わないくらいに好きで溢れている。その答えを伝えるまで、今夜は眠れない。

空っぽに藍色

ハッとするほど美しい女は映画的だ。

そんなことを恥ずかしげもなく口に出せるくらいには、僕は平凡で、どこにでもいるロマンチストだと思う。

北海道の7月は、やっと梅雨が明けて夏らしくなってきた。北海道に梅雨がない時代はもうとうに昔で、新しい風が本州の方から流れてくるようだ。そんな幕開けと共に、僕の人生も大きく変わった。

人件費削減のために、5年勤めた出版社をリストラされた。自分では真面目に会社のために働いてきたつもりだった。同期で入社したサボり癖のある奴は、そのまま会社に残った。「俺なんて漫画しか読んだことないけどね」といつもヘラヘラ笑っていた奴だった。サッカー部で鍛えた太もものせいで、いつもサイズの合わないスーツを着ていた。

上司に文句を言うわけにもいかないし、誰に何を言えばこの状況が変わるかもわからない。僕はそのまま黙って出版社を退社した。表向きだけの円満退社だ。

他の会社も状況は同じらしく、何社か出版社の面接を受けたものの、どこも落ちっぱなしだった。もしかしたら、前の会社でリストラされたことが出回っていたのかもしれない。

どこでもいいから働き先を見つけないと。僕は焦り、家の近くのパン工場のパート募集の記事をネットで発見して連絡した。面接は簡易的なもので、その場ですぐ採用された。

面接の次の日に出社すると、皆同じ白い作業服を着ていた。もちろん僕も同じものを着ているのだが、頭まで真っ白な他人を見ていると、とても滑稽なものに思えた。

面接をしてくれた社員に案内され、作業レーンを通り抜けると、片隅で1人黙々と作業している人がいた。女性のように見えるが、マスクと帽子でよくわからない。そんなに年齢は僕と変わらない気もするが、20代にも見えるし、30代にも見える。どこか掴み所のない顔をした人だ。

「ここのレーンの人がこの前辞めちゃってね、今1人でやってもらってるんだよ。忙しいポジションだけど、頑張ってね」

それだけ言うと、社員は来た道をゆっくりとした足取りで戻っていく。

「小林さんだと長いから、ルリと呼んで」

挨拶を交わす間もなく、目の前の人は無機質な声で僕に話しかけた。パンを仕分けている手はけして止めない。どうやらこの人は小林ルリという名前らしい。

「あ、はい。ルリさんですね」

「ルリでいいわ」

「え、あ、はい」

「敬語じゃなくていい。無駄に言葉の数が増えるのは意味のないことだから」

ルリは、こちらに目も向けず淡々と目の前の仕事をこなしている。

「僕は何をすればいい？」

まだ少しタメ口を使うのに抵抗はあったが、これ以上食い下がっても意味がないと思い、僕は仕方なくフランクな言葉使いで接した。

「今日は何もしなくていい。教えるのは面倒だから、目で見て覚えて」

それだけ言うと、もうこの場所に人間などいないとでも言うように、ルリは黙々と作業を続けた。本当にこれ以上喋らないつもりだろう。自分の手元にあるパンにしか集中していない。

ルリに言われた通り、彼女の手元をじっと見つめた。ギリギリ目で追えるスピードで形の悪いパンと、形の良いパンを仕分けている。

そのほとんどが、形の悪いパンだった。他のレーンから回ってきたであろうレーズンパンは、潰れていたり、レーズンが飛び出していたりと、ひどく不格好だった。

「反対だと思ってた」

僕は思わず声を出していた。ルリはそれでも、ピクリとも反応しない。

あれだけ市場に出回っているのだ。ほとんどが形の良いパンばかりだと思っていた。

「まるで人間だ」

「そう、この工場を見ればわかる」

返事を期待していたわけではなかったが、ルリは意外にも僕の言葉に反応してくれた。

他のレーンに目をやる。みんな、ルリのように無表情で黙々と作業をしている。何かに悲しむでもなく、怒りを抱くわけでもなく、ただただ無表情のまま、目の前のパンに視線を向けていた。

僕達もこのたくさんある不格好なパンと一緒なのだろうか。ろくな仕事も見つからないまま、ふらふらとパン工場で立ちすくんでいる僕も、この握りつぶされたようなレーズンパンと何も変わらないとでも言うのか。

結局僕はその日、本当に立っているだけで1日を終えた。

タイムカードを定時で切り、2階の更衣室へと上がる。

仕事をしている最中は無表情だった他の従業員たちも、白い作業服を脱ぎ捨てると、少し顔に色が付き始めた。

「君、新人さんかい？」

隣のロッカーで着替えをしている中年の男がにっこりと笑って話しかけてきた。さっきまでの無表情の軍団にいたとは思えない笑顔だ。まだ白い作業着をつけたままのその右胸には、『片桐』という名札が付いていた。

「あ、はい」

「大変だろう、ルリのところは」

この人も彼女のことを呼び捨てにしているのか。彼女に呼び捨てにしてと言われたのだろうか。

「まだ1日目なのであまりわからないです」

「ルリはね、1人でも仕事が出来るのさ」

「じゃあ、なぜ僕があの部署に」

確かにルリの仕事ぶりを見ている限りでは、僕の力など必要なさそうに見える。むしろ足手まといになりそうだ。

「あいつはね、話すのが好きなのさ」

「彼女がですか?」

全くそうは見えない。むしろ、無駄話などは1番嫌いなタイプに見える。

「無駄な時間は嫌いだし、ぶっきらぼうで無表情だけどな、話すことは嫌いじゃないんだよ。むしろ他人がいた方が仕事が捗るらしい。あいつが1人でいる時と、誰かがいる時の作業スピードは全然違う。それを社員さんもわかって、あの場所に人をいれるのさ」

にわかには信じられない話だった。僕の存在を無視するかのようなあの態度の持ち主が、話好きとは到底思えない。

「それならば、他の場所から人を連れてくればいいじゃないですか」

「そう思うだろう」と、片桐という男は苦笑する。

「あいつは、誰にでもお喋りってわけじゃないんだ。全く話をしない奴もいる。他のゾーンから何人連れてこようが、意味なんて無いのさ」

片桐は作業着を脱ぎながら、でっぷりとした腹を顕にして、ロッカーの中からオレンジ色のネルシャツを出して羽織った。

「あなたもそうなんですか」

僕は既に着替え終わっていたが、彼の話の続きが気になって、ロッカーを開け放しにしているのに気にもとめなかった。

「俺は1日であの場所は降ろされたよ。名前を呼び捨てにしてと言ったっきり、もう何も言ってきやしなかった。俺の後に入ってきた人間で、ルリの場所に飛ばされたのは君が7人目だ」

「そんなにいるんですか」

「まあ、君も僕と同じ部署になるんじゃないかな。あそこが長く続いた人はいないよ」

ふふふと温和そうな笑みを浮かべて、片桐は見た目によらず素早い動きでナップザックをロッカーから取り出し、背負った。

「じゃあ、またね」

それだけ言うと片桐は更衣室をゆっくりと出て行った。

たった一瞬喋っただけの男だったが、なぜ彼がルリから話しかけられなかったのかわかる気がした。だが、なぜ僕には話しかけてくれたのかその謎は解けなかった。

次の日は、ルリの作業台の隣で手を動かすことを許された。許されたというよりかは、僕が勝手に立ったと言った方が正しい。特に文句も言われなかったので、見様見真似で手を動かした。

思っていたよりもレーンは早く動いた。数え切れないほどのレーズンパンが一斉に流れてくる。形の悪いパンは左側に、形の良いパンは右側に流さなければいけない。形の悪いパンが多いことはわかってはいるのだが、どれが形が悪いか見分けることが難しかった。形が悪そうに見えるパンでも、綺麗な形をしていたり、またその逆もあった。表面は綺麗な形をしているが、裏を見るとぐにゃりと潰れたものなど、そのどれもに個性が散りばめられていた。

「ルリは、何を基準にしてパンを選別しているの」

片桐に言われたせいもあってか、昨日よりもすんなり話しかける事が出来た。しかし、返事は返ってこない。片桐の言っていることが冗談だったのか、それとも僕も他の従業員のように、返事をする価値もない人間ということか。

「見ただけでは何もわからないよな」

「外から見て、レーズンがいっぱい入っていても、中が空洞だったらそれは欠損と呼べる。けど、隠し通していけるのなら、それがいいわ」

無視をし続けているような素振りで、ルリは声を出した。

「でも、目に見えなくても欠損は欠損だ」

「じゃあ、あなたはわざわざ自分の内側にある欠点を人に見せるって言うの？」

目を見ていないのに、まるで僕を見透かしたような声音で語りかけてくる。僕が５つパンを仕分けている間に、ルリは70個のパンを仕分けていた。

「見せれないね」

わざわざかっこつける理由もなかった。

「正直ね」

笑ったような気がした。目で確かめる余裕はなかったし、ルリの声はずっと単調だった。

ほとんど棒読みと言ってもいいだろう。それなのにどうして笑ったように聞こえたのか、僕にはわからない。

「でも、中身がないレーズンパンも結局は左側に連れて行かれるの」

次にルリが言葉を発したときには、あの笑ったような感覚はなかった。

「ルリはどうして」

言いかけると同時に、終業のチャイムが鳴った。17時を知らせる音と共に、今まで忙しそうに動いていたルリの腕はピタリと止まり、挨拶もせずにタイムカードが置いてある場所へと速歩きで歩いていく。本当に無駄がない女だ。

「やあ、新人さん。まだこの部署かい」

隣の隣のレーンでパンの袋にシールを貼り付けていた片桐が、ニコニコ笑いながらこちらへ近づいてくる。

「どうも」

「ルリは元気かい？」

「さあ」

彼女の体調が顔を見ただけでわかるほど、僕は心理学を嗜んでいなかった。

「君は特別になれるかもしれないよ」

「どういうことですか？」

「特別には、特別が必要だろう」

ニコニコ笑いながら、片桐も僕を置いて打刻をしに歩いていく。


2日も働けば、だんだん仕事にも慣れてきた。ルリほどではないが、なんとなく感覚でパンを仕分けることも出来るようになっていた。

「君は特別な人かい？」

無駄を嫌うルリに影響されて、下手な前置きをせずに本題を話した。

「違うけど」

その会話方法をルリは気に入ったようで、すぐに返事をしてくれた。ただ、返事をくれたからといって素っ気ない返事が変わるわけではなかった。

「片桐さんが変なことを言うもんだから」

今度の話は興味がなかったようで、言葉は返ってこない。

「僕も特別ではないのさ」

「知ってる」

彼女の思考回路のツボは全くわからない。

「ルリってずいぶんハイカラな名前だよな。古めかしいのに、真新しい感じもする」

白い作業着越しでしかわからないが、ルリはその名前が似合うような顔ではなかった。平坦で一度見ただけでは覚えられないようなその顔に、キラキラした名前は不釣り合いに思えた。

「僕の名前は一郎だ。野球はうまくないけどね」

冗談めかして言うと、「くだらない」と返ってきた。こんなつまらないギャグに返事をくれるなんて意外だ。絶対に無視すると思ってたのに。

「ここはもう長いの？」

「5年は働いてるわ」

僕が出版社に勤めていた期間と同じくらいだ。

「どうしてこの仕事をしているの？」

昨日聞けなかったことを、やっと聞くことができた。

「あなたは？」

まさか質問に質問で返ってくるとは思わなかった。ルリから質問されることは初めてだった。

「僕は、リストラされたんだ。その後もたくさん面接を受けたけど、どこも受からなかった。とりあえず働かなきゃいけないから、ここで働かせてもらってる」

「そう」

自分で質問しておいて、ルリはさほど興味がなさそうだった。でも、大げさなリアクションをされるよりはよほどマシだ。

「私とあなたは、右側に行けたけど、中身が空洞で左側に流された人なのかもしれない」

「どうだろうね」

「東大を中退して、ここで働き始めたの」

「東大ってあの？」

「外から見た私は、すごく美味しそうなレーズンパンだった。けど、そこに中身はない。空っぽの入れ物」

僕の言葉に何かを返すと言うことはなかったが、ルリはよく話した。


「お疲れ新人さん」

勤務時間が終わった後、必ず片桐は僕に挨拶をした。

「なぜ、あなたはルリが話すことが好きだと気づくことができたんですか？　すぐに他のレーンに移ったのに」

「はは、もうルリに似てきたのか」と随分嬉しそうに片桐は笑った。

ルリが自分のことを話すたびに、片桐のことが頭に浮かんだのだ。

「あの女をね、知ったことがあるんだよ」

「知った？」

表現として聞き慣れない言葉だった。

「どこで知ったのかはもう覚えていない。でも、俺はあいつを知ったことがある。そして、俺がその特別になれないことも、知っているんだ」

「意味がわかりません」

「君はただの凡人と特別な凡人の違いがわかるかい？」

僕のことをルリに似ていると言った片桐は、ルリのように僕の質問を無視して言葉を続けた。

「わかりません」

「俺は自惚れている。自分が特別な存在で、特別な女に愛されるような人間なんだと。そしてそういう人間が、ただの凡人なのさ」

片桐は顔にずっと笑みを浮かべたまま、僕の耳元まで顔を近づけて「君の目はしゃぼん玉みたいだね」と女を口説くような口ぶりで囁いた。全ての機械の動きが止まった工場内では、他の従業員の足音の中で片桐の低い声はアンバランスだった。

数え切れないほど、レーズンパンを仕分けした。毎日毎日同じ場所で形の悪いレーズンパンを仕分ける。今では一瞬見ただけでも、仕分けることができる。

最初の数週間は就職活動もしていたが、そんなことはどうでも良いような気がした。既に蒸し暑かった夏は過ぎ去り、秋の匂いが鼻先をくすぐる。もうすぐ雪が降るだろう。ひどく暑かった年の冬は、雪が降るのが早い気がする。そしてすぐに春が来て、この場所で1年を過ごすのかもしれない。

あの日以来、仕事が終わっても片桐と会うことはなかった。僕は自分がした質問の答えをもらえないまま、もやもやした気持ちで仕事をすることになった。それでもレーズンパンを仕分けることしか僕にはできない。

ルリと同じくらいのスピードで仕分けることができるようにまでなった。会話の内容は特に変わらない。

「忙しく毎日必死で働いていた頃より、今の方がよっぽど充実した中身の自分だと思う。ルリはどう思う?」

働き始めた頃よりは深い話もできるようになった気がする。知らない間にルリに心を許しているのかもしれない。

「錯覚だと思う」

ルリは迷うことなく即答する。

「僕はまだ空っぽかい」

「夏目漱石を読んだことがないの？」

「精神的に向上心のない者は馬鹿だ」

「あら、博識ね」

「出版社で働いてたんだ。幼い頃から本が好きだった。けど、向上心だけでは人は生きられないよ。今はそう思う」

「息をするのと、生きるのは違う」

ルリは特に僕の過去には興味がないらしく、ルリが必要だと思った部分にだけ返事をした。会話が好きだと聞いていなければ、無視してしまいそうな小さい声で。

「息をするように生きたいんだ。僕はもう頑張りたくはない」

「つまらない人」

「君はどうなんだい」

「どうって？」

微妙な声のトーンの違いを聞き分けなければ、ルリの声は単調すぎて感情を読み取ることができなかった。とぼけるルリに若干の苛立ちを感じたが、彼女のペースに突き放されないように、ついていかなければならない。

「君の向上心は、どこにある？」

「そういう汗臭いものは、男の方がお似合いでしょう。そもそも『こころ』は、女の立ち入る隙間はない」

「現代では男も女もないのさ」

わざと揚げ足をとるように鼻で笑う。

「ずいぶん感傷的ね」

「時代は変わっていくよ」

「レーズンパンを仕分けるだけで満足している人が、時代を語るの？」

今日のルリはいつもよりも饒舌で、挑戦的だ。

「あなたは何もわかってないし、そんな鈍感で頭でっかちだから、自分が流され続けていることに気づいてないのよ」

「今日はとても機嫌が良いみたいだね」

「私は、空っぽにならなくてもいい方法を知っているから」

その瞬間、世界が一斉に停止した。いや、僕がルリから目が離せなくなっただけだ。

「あなたみたいなお間抜けさんが、1番嫌いなの。つまらない人」

笑った。笑った気がしたんじゃない。にっこりとマスクの下で微笑んでいるのだ。小さな目を細くして、僕を見て笑っている。この笑顔を表現する言葉で、最適なものはなんだろう。笑っている以外に、この笑顔を表現出来る言葉があるものか。美しいわけでもなく、醜いわけでもないのに、目を離したら次の瞬間、彼女が消えてしまうんじゃないかと錯覚してしまうほどの、言い表せない危うさがそこにいる。

ああ、そうか。僕もこの女を知ったことがある。いつでも、僕の近くにいた女じゃないか。僕が恋焦がれた女じゃないか。

どれだけ読み漁ったかわからないたくさんの物語の中に、いつもこの女は佇んでいた。いつも、どうしてか目を離せなくなるのだ。目には見えない表情なのに、その女は僕にたくさん想像させる。そして僕を弄ぶ。この女は、文学だ。

僕は無色透明なのかもしれない。ルリの言う通り、間抜けで頭でっかちで、リストラされても文句も言わずにこんなところに留まっている。コップの中で何も知らずにひっそりとゆらめく水なのだ。もしもその中に絵の具を一筋垂らすなら、彼女がそうしたいのなら、僕は。

「それなら僕は藍色になりたい」

「え？」

ルリはまるで人間のように、驚いた顔をして見せた。

「君が、空っぽで間抜けな僕を侵食して満たされるつもりなら、僕を藍色にしてくれ」

「どうして？」

「好きなんだ、それだけさ。僕の空っぽの中身を埋めるなら、その色がいい」

「あなたは、変な人ね」

「僕は変わっているよ」

もう既にそこにはあの危険な笑顔はなかった。まるで最初からなかったかのように、いつもの無表情で無機質なルリしかいない。

「君は、変わった人だ」

「私は変わっているよ」

「まるで君は」

言いかけてやめた。陳腐な言葉だ。ルリも特にその先の言葉を待っていないようだった。

僕が片桐の言っていたことに気づいたからと言って、世界が一気に変わるわけではなかった。仕事終わりのチャイムはいつもと同じ時間に鳴るし、そのチャイムと共にルリの手は止まり、早歩きで作業場を離れていく。僕はそれに一歩遅れてゆっくりと歩き出す。数え切れないほどの明日たちが、そうやって生きていく。明日もパンを運ぶレーンは規則正しく動き、僕たちもその歯車の中で息をしている。

ルリの背中をじっと見つめる。無機質な作業着姿の後ろ姿は、たくさんの真っ白に囲まれて、目を凝らさないとルリかどうか判断できない。一定のリズムで動く足と、異様なまでの姿勢の良さのおかげで、どうにか彼女の後ろ姿だと判別できる。

一生振り返ることがないであろう女の背中を見ているのは、なんだか愉快な気持ちになった。彼女の作業着姿以外を見たこともない、ただの他人の僕が、どうしてまるで人生の全てがわかったように思えるのだろうか。

片桐は工場を辞めたらしい。誰が言っていたかはわからないが、確か更衣室で他の部署の人間が噂をしていた。

「僕はレーズンパンが嫌いだ」

ルリからの返事は返ってこない。

「メロンパンが好きなんだ。あれは中身がスカスカでも美味しいだろ」

「確かに」

真顔の相槌と、短い返事は白米と味噌汁くらいの相性だと今は思う。

「メロンパンを製造する工場で働けば、前向きな人間になれそうじゃないか？」

「本当におめでたい頭ね」

「僕は本が好きだ」

「私も好きよ」

「けど、もう本に関係する仕事はしたくないんだ」

ルリはどうしてとは聞かない。それでも、僕は言葉を探した。この瞬間に思いついた言葉だけを、信じたかった。少しでも思い出を引き出せば、泣いてしまいそうだ。

「好きなことで誰かと比べれば、僕はレーズンパンのままだろう」

「クリームパンかもしれない」

「僕は本が好きだ。これからもそうでいたい。頭でっかちかな？」

「これからわかるんじゃない」

一度も視線を交わさないまま、今日も挨拶のように言葉を交わす。交わすと言っても良いのかわからない、一方的な声が機械音と共に空気となって消えていく。

「ハッとするほど美しい女は映画的だ」

僕はやっと記憶から言葉を辿った。ルリはその言葉に興味はなかったようで、なんの反応も示さなかった。

　馬鹿げているかもしれないけれど、あの瞬間のためならば、あの藍色のような笑顔に触れられるのならば、死ぬまでレーズンパンを仕分けるだけの人間でも良い気がした。そんな僕は果たして片桐の言うような特別な凡人なのだろうか。きっとその先の言葉を言えば、僕もただの凡人なのだろう。

　ハッとするほど美しい女は映画的だ。でも僕は、一見平凡な女が、非凡な微笑を見せたときの文学的な情景を愛している。

寄り道

「ちょっと寄り道していきませんか?」

いつもの帰り道、本田君はボソッと呟いた。12月、夜中の3時。声を出して笑うには少し静かすぎる時間。私はコートのポケットに両手をゆっくり入れる。まだ何も温まっていない。当たり前のように雪が降っている。街中ではない札幌の道は、2人横並んで歩くのが精一杯だ。

「どこに?」

わざとらしく、少し時間を空けて本田君の質問に答える。でも本当に、本田君に質問されるまでは私の頭の中は夫と子供達のことで埋め尽くされていた。もうみんな寝ていることだろう。

「僕に?」

本田君はそんなふうにして、質問するように話すのが好きだ。そうすれば、どんな返事が届いても傷つかないで済むと知っているのだろう。

彼とこうして一緒に帰るようになったのは、今年の冬からだった。正確に言えば、先月の最初の月曜日から。どちらから声をかけたわけでもなかった。ただ、たまたま仕事が終わる時間が重なって、たまたま靴を履き替えるタイミングが同じだっただけ。それに、本田君とはもう知り合って6年になる。私たちが一緒に帰る理由に、不自然なものは何もなかった。

「花園さんと付き合っていたんですよ。知ってました？」

本田君は初めて一緒に歩いた日、唐突に質問してきた。

「ううん、知らなかった。仲が良いなとは思っていたけど」

嘘だ。彼らは誰がどう見ても付き合っているようにしか見えなかった。花園さんと本田君は30歳以上は歳が離れていたが、親子でも親戚でもなく、恋人同士のただならぬ甘ったるい雰囲気が漂っていたから。

「そう、よかった」

なぜだか、彼のその時の言葉は未だに耳に残っている。

一緒に帰ると言っても、私と本田君の家は正反対の場所にあった。職場から歩いて2分くらいの駐車場が、私たちの共通の帰宅地点だった。

たった2分の帰り道に、本田君はくだらない話を最低4つは話す。私はそれに3回くらい頷いて、1回くらい返事をする。本田君は私の答えを求めていないようで、相手が誰であれ話し続けることに意味があるとでも言うように、前を見続けたまま話す。

「それじゃあ」

そして決まって、分かれ道で話は終わる。寄り道の話はなかったことにして。

本田君と初めて会ったのは彼が16歳の時だった。やけに大きなメガネをしてた。背が小さくて、声を聞くまでは彼が男の子なのか女の子なのかもわからなかった。

「初めまして。今日から働く本田です」

少し早口の、緊張したその口角の上がり方はいかにも思春期の男の子特有に見えて、まだ2歳になったばかりの息子も、いずれこんな笑い方をするのだろうかと思うと背筋が冷たくなった。

「初めまして、相澤です」

話をするのは、これが最後だとその時は思った。私と本田君は、出勤時間も働く場所も違った。彼は清掃で、私は事務仕事だったから、挨拶をすることさえ珍しいくらいだった。

「こんばんは、相澤さん」

それなのに、次の日も本田君は私に話しかけてきた。本田君の顔には、昨日と同じ緊張した笑顔のようなものが貼り付けられている。それが彼の本当の笑顔だということに、私はその時気づいた。

「こんばんは」

「相澤さん、ここに勤めて長いんですか?」

いたって普通の会話、世間話。何もおかしいことなどない。本田君の衣服から桃の匂いがする。柔軟剤の香りだろうか。

「いや、まだ3ヶ月くらいしか働いてないよ」

「そうなんですね、めちゃくちゃベテランって感じがしますね？」

褒めてるのか褒めてないのかよくわからないその一言が、彼の16歳という年齢を浮き彫りにしているようで、私は少しおかしいような気持ちになる。初めてびっくり箱を開けた時のような、そんな気持ち。

「あ、これ、褒めてます。ほんとです」

私の考えていることを感じ取ったのか、本田君はすぐに自分の言葉を取り繕った。

そんなふうにして、本田君は毎日私に話しかけてきた。

年齢はいくつか、血液型は何か、好きな色は何か、嫌いな食べ物は何か、結婚はしているか。こういった、友達同士で確かめ合うようなことを、丁寧に1つずつ。

「連絡先、交換しませんか？　あの、深い意味とかはなくて。僕、職場で話す人が相澤さんしかいなくて、シフトとか、困った時のために」

早口で捲し立てる本田君の右手には、くしゃくしゃのメモ帳が握られていた。

私は結局、彼の連絡先が書かれたメモ帳を受け取り、その日のうちに登録してメッセージを送った。『追加しました。相澤です』と。

フルネームで登録してある私の名前を見て『綺麗な名前ですね』と返事をしてきた本田君のメッセージを私はそのままにした。


「明日、弁当いらないから」

ソファでくつろいでいる圭介が言う。

「うん、わかった」

きっとどこかで食べてくるのだろう。いつものことなので深く追求はしない。

「いつも、ありがとね」

圭介は、弁当がいらないと言う日には決まってお礼を言ってくれた。私は、それをもう15年は聞いているのに毎回心から嬉しく思う。

「うん、好きでやってることだから」

「今夜は俺がご飯作ろうかな」

台所で洗い物をしている私の方を見てニコニコと笑っている彼は、本当に出会った頃から何も変わらない。子供が出来ても、私が外に働きに行ってからも。

「圭介が作れるご飯なんて、チャーハンくらいでしょ」

台所から圭介の笑った顔を眺めていると、幸せを具現化したみたいでみっともないように感じる。こんなに当たり前の幸せが、目の前にあっていいのだろうか。可愛い2人の子供たち、理想的な夫。何不自由ない生活。私が選んだ生活が、こんなに真っ当な幸せになるなんて、きっと幼い頃の私は信じてくれないと思う。

「真希好きでしょ、俺の作るチャーハン」

屈託のない笑顔の奥に、寄り添って眠る我が子たちが輝いて見える。

本田君は今年の9月に22歳になった。(彼は自分の誕生日をわざわざ教えてくれた) 現役で地元の大学に合格したので、今は就活生のはずだ。もう今年も終わるというのに、本田君は就活の話を一切しない。いつもヘラヘラして「おはようございます、今日も元気ですか?」と挨拶をしてくるだけだ。

私から彼に質問することはなかった。特に質問したいというわけではなかったのもあるし、本田君はいつだって話題を変えるので、それに合わせるのに精一杯だった。

「僕、アメリが上映された年に生まれたんですよ。観たことありますか?」

本田君は、よく自分の持ち場からわざわざ抜け出して事務室に話をしに来た。

「うん、映画館に観に行ったよ」

あの時、私は中学生だった。親ではない人と、初めて観た映画がアメリだったのだ。あれはクリスマスの前の日。珍しく雪が降らなかった夜。

「へえ、僕は観たことないんです。フランス映画ってどうにも眠くなっちゃって」

本田君の笑顔は、赤ん坊が初めて笑った時のように不恰好だ。慣れていない、覚えたてのようなぎこちなさ。

「最近映画観ました？」

「ううん、なかなか観る時間が取れないからね」

パソコンの画面を眺めながら、彼が早くどこかに行ってくれないかと願う。

「そっか、おうちでお母さんしてると忙しいですよね」

私が密かに心の中で願うと、本田君はいつでも話を切り上げる。まるでその時を待っていたかのように。

「学生も忙しいでしょ」

そして、私は彼がそっと離れようとするときにだけ、話題を広げてしまうのだ。

「本田君って、お喋りですよね」

いつだったか、同じ部署の吉川さんに本田君について話したことがある。いつもは彼の話などしないのだが、その時はたまたま他の会話の種がなかった。

「え、そうですかね」

吉川さんは、まるで私がおかしなことを言ったみたいな反応をした。彼女は私と同時期にこの会社に入ったのだから、本田君のことももちろん知っていた。

「本田君って無愛想な子っていうか、今時の寡黙な感じの子だなって思ってました」

まるで、私が間違えているみたいな言い方だ。でも、私も私が間違えているのかもしれないと思った。多数決にあぶれた1人なのかもしれない。それから、誰かの前で本田君の名前を口にするのをやめた。


本田君と何年も話していてわかったことは、私たちはお互いに多趣味だということだ。いや、特定の趣味はないが様々なことに対して興味を持て余していると言った方が正しいかもしれない。彼は物知りだった。音楽、映画、本、アイドル、ドラマ、スポーツ、いつも話題は尽きなかった。

「小さい頃、お笑い芸人になりたかったんですよ」

いつかの帰り道の本田君は、お笑いの気分の日だった。

「小学生の時に、クラスメイトとコンビを組んで。あ、友達ってわけじゃなかったんですけど、席が近くて」

「うん」

「それで、僕の芸名はさんずいだったんですよ」

本田君は少し得意げに笑う。

「さんずいって、あの?」

「うん、泳ぐとか、海とかの」

本田君はたまに敬語が少し消える時がある。それは相槌とか曖昧なタイミングばかりで、彼のわざとらしさと、会話の運び方の下手くそ加減が浮き彫りになって見えた。そういう時、彼は少し大人びた顔をした。たれ目なのにわざと目をつり上げるみたいにして。

「僕、なかなか人気者だったんですよ」

そしてまたすぐに元の下手くそな笑顔に戻る。


寄り道の話をしてから、本田君はわざわざ私に話しかけに来なくなった。もちろん帰り道に一緒に帰ることもない。

「最近、本田君来ないですね」

吉川さんがわざわざ指摘してくるほどに、本田君は現れない。

「就活で忙しいんじゃないですか」

「就活？」

「彼、大学4年生でしょ。まだ内定が貰えてないのかもしれないですよ」

ハンドクリームを塗りながら、適当に返事をする。

「相澤さん、知らないんですか？」

「え？」

「本田君、春からこの会社の社員になるんですよ」

ハンドクリームはすでに塗り終えたというのに、自分の手から目を離すことができなかった。きっと、吉川さんはあの日と同じ目をしている。まるで、私が間違ったような気分にさせるあの眼差し。

「ああ、そうなんですね」

「本田君、仕事は早いから安心ですよね」

ああ、とか、はい、とかそんな返事をしたんだと思う。それ以降の会話はほとんど耳に入ってきていなかった。

私は、彼がいつここの面接を受けたのかも、彼がどれだけ仕事が出来るのかも、何も知らなかった。私が知っていることといえば、先週彼が観にいった映画がひどくつまらないものだったということだけだ。でも、それが一体なんだというのだろうか。本田君も、私の子供の下の名前を知らないし、圭介の作るチャーハンの美味しさを知らない。私が本田君の下の名前を知らないのと同じじゃないか。

帰り道、3台の除雪車が目の前を走っている。轢かれないように、転ばないように慎重に道路を小走りに通る。今日は繁忙期なのに珍しく残業がなかった。まだ日付は変わっていない。このまま家に帰れば、圭介と一緒に夜ご飯が食べられる。明日の朝に食べる食パンがもう切れてたから、コンビニに寄ろう。そんなことだけを考える。今この瞬間、私の頭の中を占領しているのは家族というたった1つ。私にとってかけがえのないもの。私が唯一間違えなかったもの。学歴、友人、恋、キャリア、そのどれもがいつも私のところにだけ来なかった。でも家族だけは、あの小さな家だけは、間違いようのないくらい正しいのだ。

気づけば4台目の除雪車が目の前で待機している。

「就職おめでとう」

たまたま下駄箱ですれ違った本田君に、意地悪を少し込めて伝える。

「ありがとうございます」

驚きを隠そうともしない素っ頓狂な顔が、16歳の頃を思い出させた。本田君は、あの頃よりも少し体格が良くなった気がする。今更だが、彼も大人の男性になっているという事実が、私が発した『就職』という言葉でより鮮明になったようだ。

本田君は最近残業が多い。定時は私より1時間早かったはずだ。社員になると、もっと遅くに帰ることになるのだろう。

久々に、横並びで歩く。青色のマフラーに顔をうずめる本田君の横顔は、やっぱり少し中性的だ。身長が同じくらいなので、ちょうど目線に彼のまつ毛がある。

「誰に聞きました?」

やっと就職のことを話そうと思ったのか、本田君はいつもの調子で質問をしてきた。本当のことを言えば、彼を傷つけるだろうか。なぜかそんな心配事が頭を掠める。傷つけたから何だというのだろう。そもそもこれはただの世間話で、気を使うところなど1つもないというのに。それでも、私はそれに答えることがなかなかできなかった。同僚の吉川さんに聞いたのだと、たった一言が出ない。

「雪、降ってなくてラッキーだなあ」

痺れを切らしたのか、逆に気を使ってくれたのか、本田君は話題を変えてくれた。ひとりごとのようにも聞こえる言い方で。

「そうだね」

やっと答えた言葉はひどく無機質で、こんなことなら就職の話なんかしなければよかったと、今になって後悔が生まれる。

「ちょっと寄り道して行きませんか？」

急に歩くのをやめて、本田君は小さく呟いた。

「ファミレスとか、まだ空いてるし」

この前言ったものとは、また別の答えだった。

本田君のまつ毛は、思っているよりも短い。

横並びだった彼と向き合って、初めて思った感想だ。こうして正面を向き合って話すことは、あまりなかった。雪と思春期のような匂いが混ざり合って、自分が学生だった頃のクリスマスが思い出された。きっとこんなふうにして、圭介も大人になったのだろう。

「ごめんね、夫が待ってるから」

本田君の前で、初めて夫という言葉を使った。今まで意図的に使わなかったわけではないが、自分のことを話すことはあまりなかった。それに、本田君はあまり人間関係の話をしない。彼の家族のことや友達のことは、この数年間で1度も聞いたことがなかった。

「あ、そうですよね。うん、なんか変なこと言いましたね。こんな遅くにすみません」

耳を真っ赤にしながら、本田君は早口で捲し立てる。その赤さを、私は寒さのせいにしたいなと思った。

歩き始めると、またすぐに分かれ道がやってきた。

「それじゃあ」

急いで別れを告げる。今日はもう、本田君の顔を見たくなかった。

突然、右腕が掴まれた。びっくりして本田君の顔を見ると、さっきよりももっと顔が赤い。

「あの、僕、」

言葉を詰まらせて真剣な顔をしている本田君を見て、私はうんざりした気持ちになった。

本田君は、間違えたのだ。

彼が、いつもヘラヘラと傷つかないように曖昧な態度をとっているから、私たちは何食わぬ顔でつまらない話ができたというのに。そんな真剣な顔をしてしまったら、私は彼をこっぴどく傷つけなければいけない。それは、とても間違っている。

「相澤さん、僕、本当に」

私は話を最後まで聞かずに首を横に振った。もうそれ以上話を聞きたくないと、何も言わずに伝わるように。

「あ……」

本田君にはちゃんと伝わったようで、平べったい口をぎゅっと食いしばり、自分の声を抑えようとしてくれた。

「寒いから、帰ろうか」

私はできるだけ優しく聞こえるように囁いた。

「送ってく？」

いつもなら言わないようなことまで付け加えて。

「最後まで聞いてください」

私の気持ちは、本田君には何も伝わらなかったようだ。

「僕に、寄り道していきませんか。今日だけでも、いや、１秒でもいいんです」

真面目な顔で、そう言い切る彼の顔には、あの幼い笑顔はもうなかった。

私の中で、１つの道が終わった。

本田君は何もわかっていないのだ。大人には始まりの合図などないということを。彼が私に挨拶をしてきた時から今日まで、彼が私に好意を示していることなんて、分かりきっていた。全て分かった上で、私たちは恋愛とも呼べない薄っぺらい氷のような道を歩いてきたのだ。私はそれを、本田君もわかっているものと勘違いしていた。私たちはお互いの歩いてきた道すら知らないというのに、何を分けあったりするのだろう。ただその瞬間の寂しさを、たまたま埋め合わせているだけなのに。別に、本田君じゃなくても満たせるものを。

「じゃあ、また明日」

何もなかったみたいに、私は本田君が帰る道とは別の道を歩いた。

言葉通りの明日はきっと来ないだろう。彼はもう私に話しかけに来ないだろうし、もし話しかけてきたとしても、私は意図的に本田君を避けるだろう。大人らしく、笑顔を保ったままで。そして彼が知らないうちに、私は別の職場に転職するのだ。

車を走らせる。私の正しい道、家族が眠る我が家へと。

She saw I saw

いってこと。

あの人は知っていた。僕に何が必要なのか。僕は知っていた。神様なんてこの世にいないってこと。

17歳の時、僕は早く大人にならなきゃと思っていた。周りの同い年の人の何十倍も早く大人にならなければいけなかった。その先に何があるとか、具体的なことは何も考えていなくて、ただ、大人という概念に近づく必要があったのだ。

今の僕は、くだらない大人だ。あの時ならなければと思っていた大人とはまた違う、どうにも説明しようがない、どこにも戻れない大人ってやつだ。

高校を卒業してすぐ、町の小さな本屋に就職した。従業員は僕を含めてたったの2人で、そんな少人数のくせになぜかお客さんは毎日大量にいて、休みもまともに取れなかった。結局その本屋は2年で辞めた。就活もしたが、高卒の人間を正規雇用してくれるところなど中々なかった。就職先が決まるまでの繋ぎとして、色々な場所でバイトをした。ラーメン屋、工場、映画館など、とにかく色々だ。

そんな生活を数年続けている間に、バイトの1つで始めたライター業の会社から正規雇用の契約をしないかと連絡をもらった。あの頃の僕はこのままバイトで食いつなぐのもいいかと思っていたが、安定した職業に就くメリットを選んだ。そこから経験を積んで、今では会社を辞めて個人で仕事ができるようにまでなった。金はそんなに稼げてないが、なんとか食べていくことは出来ている。

大人にならなきゃと思っていた子供の僕は、自分がこんなぐらぐらした不安定な人間になるなんて思っても見なかっただろう。あの頃は安定した生活が幸せの全てだと思っていた。今が幸せかどうかはわからないが、とりあえず自由なことは確かだ。

独立してから、滅多に外に出ることはなくなった。元々インドアだが、学生の時には学校に行ったり、それなりに外に出ることもあった。でも、今はほとんど家の中にいる。仕事は全て在宅で、友人もほとんどいない。買い物も全てネットで済ませている。僕が幼い頃に比べて随分便利な世の中になった。

それなのにだ。僕は今、蒸し暑い６月の昼下がりにアスファルトを踏み締めている。数少ない友人の１人と会うために。

彼は子供の頃からの友人で、会うのは高校を卒業して以来だった。外に出ない生活をする前から内気だった僕にとっては、恥ずかしげもなく友人と呼べる人は珍しい。そんな友人から「久しぶりに会おうよ」と言われれば、理由など聞かなくても会おうという気持ちになった。同じ釜の飯を食ったこともある友人に会うのは、暑さも吹き飛ぶくらい楽しみだった。

友人は同い年のくせに、僕のことをさん付けで呼ぶ。なぜかそんなことが思い出された。

家から徒歩10分で着く最寄駅は、しばらく見ない間に外壁が錆びたクリーム色から青色になっていた。電車に乗るのはおそらく2年ぶりだ。幸いにも電車はすぐにやってきた。どうやら快速運転らしい。目的地までは20分もかからずに着きそうだ。始発駅なので席も空いている。僕は2人掛けの席の窓側に腰掛けた。

座ってからすぐに電車は動いた。外を眺めて見るが、特にこれといった感情は芽生えてこない。何年もこの町に住んでいるというのに、見覚えのない景色ばかりが通り過ぎていく。

5分も経たない内に、電車は次の駅へと停車した。小さな無人駅だ。降りる人も乗ってくる人も少ない。

その時、1人の女性が目に入った。その女性は、僕の隣の席に座ってきた。電車内は空いていて、他にも座席は空いていたのにその人は僕の隣を選んだ。それだけだ。それだけなのに、変な違和感が体の中で生まれるのを感じている。

横目で女性の顔を見る。思わず声が出そうになるが、ぐっと堪える。

その顔は、あまりにもあの人の横顔にそっくりだった。どれだけ見ても飽きることのなかったあの人の横顔に。

半年間、あの人のそばで生活していた。週に5日、嫌でも顔を合わせた。

半年は短いだろうか、長いだろうか。あの時の僕にとっては長くも感じたし、それと同時にあまりにも短かったとも思う。今でもあの日々は僕にとって宝物で、あれを超えるような日が来るとはどうしても思えない。あの人は、あの半年間の僕の命の全てだった。

それなのに、僕は今あの人に会うことができないし、あれからもう7年も経ってしまっている。僕たちは嫌い同士になったから離れ離れになったわけじゃない。むしろお互いがお互いを思っているとちゃんとわかっていたはずだ。いざこうしてあの関係を言葉にしようとすると、少し複雑になってしまう。何から話していいか、何を話しちゃダメなのか、頭の整理が追いつかなくなる。

僕とあの人は、お互いのことを何でも知っていた。あの人の好きなアニメやミュージシャンを今でも答えることが出来る。あの人は僕の好きなゲームやバンドについて、僕よりも詳しくなっていた。だけど、知らなくてもいいことは本当に何も知らなかった。例えば、あの人の名前も、年齢も、好きな食べ物も僕は知らないし、あの人も、僕の生い立ちや、誕生日も何も知らない。そんなものがなくても、僕とあの人は、僕とソウさんは、生きていけた。

「ソウ」というのは、あの人が好きだったスプラッター映画のタイトルだ。名前を知らないので、適当にその愛称で呼んでいるとソウさんも気に入ってくれた。

「ねえ、一番好きな映画はそれじゃないよ」

といつも言っていたけれど、僕はその呼び方が気に入っていた。いや、その呼び方を好きになりたかったんだ。

ソウさんは僕のことをノコくんと呼んだ。僕が好きになったバンドのボーカルの名前だった。わざわざ何の関係もない愛称で呼んできたその意図を、僕は気づかないようにしていた。そういう意味のないようなことが、あの頃の僕にとってはキラキラしていた。


僕の隣に座った女性は、ソウさんに似ていた。似ているのか同じなのか、判別がつかないほどに。

まず、女性の肌は少しテカテカしていた。ソウさんは代謝がよかった。冬でも乾燥とは関係ないところにいるみたいだった。それと、膝をピッタリとくっつけて座り、両手を両膝の上に揃えて乗せていること。僕が猫背になっていると、ソウさんはよく叱ってくれたものだ。目はアーモンドアイで、一度も染めたことがなさそうな硬い髪質のボブショート、それになぜかいつも前髪は切りすぎなくらいに短くて、次に髪を切る時にはまだ前髪は何もしなくてもいいくらいの長さだった。ショルダーバッグのブランドはコールマンだ（ソウさんがカバンを持っているところは見たことはないが、あの人はコールマンが好きだと思う）。見れば見るほど、隣に座っている女性はソウさんみたいだ。大きなマスクをしているので確実ではないけれど、やけに大きなマスクをしているところも、あの人みたいだと思った。女性はうとうとしていて、チラチラと僕が横目で見ても気にする様子はなかった。

でも、見れば見るほど彼女はソウさんとは違っていた。

まず、ソウさんはあまり女性的な体型をしていなかった。あの人の胸は、何かで圧迫しているのかというくらい平らだった。薄着をしていても下着の線は見えなかったし、ソウさんが僕の靴紐を結ぼうと屈んだ時（僕の名誉のために弁明するが、僕は靴紐が結べない訳ではない。その時はたまたま両手にシチューを持っていたんだ）、開襟シャツの襟の隙間からソウさんの胸元が見えてしまったことがある。すぐに目を離さなければいけないのはわかっていたが、僕はその隙間を凝視してしまった。そこにはただ平らな肌に白いインナーだけが見えた。その真っ平にほんの少しだけ安心したことを今でも覚えている。

隣に座っている女性の胸は、胸元が少し膨らんでいる。あんな膨らみはソウさんにはなかった。いや、もしかしたら本当にソウさんは胸を何かで圧迫させていて、僕の知らないプライベートの時にはそれを解放させていたのかもしれない。だから、この女性がまだソウさんである可能性が消えたわけではない。僕はソウさんについてなんでも知っているつもりだが、本当は何も知らないのかもしれない。

女性のまつ毛は目で見てわかるくらいに長かった。ソウさんは異様にまつ毛が短かった。人間だから、もちろん多少はあった。それでも、目を凝らさないとわからないくらいに短かった。まつ毛で隠れてもいないのに、ソウさんの二重幅はいつも見つけられなかった。一重かもしれないのに、僕はなぜかソウさんの二重幅をずっと探していた。毎日毎日飽きずにずっと見つめていると、ソウさんが目を伏せた時にうっすらと二重幅が見えたことがある。僕と同じ奥二重だ。そんな小さなことが、すごく嬉しかった。よく目を凝らさないと見えないもの。それがとても愛おしかった。

ソウさんは、僕の目をいつも見つめた。話をする時、声をかけてくる20秒前、おやすみが始まる一瞬も、いつだって僕の目を見ていた。僕が照れくさくなって目を逸らしても、その眼差しが途切れることはなかった。見つめ返すことは難しかったけど、僕を見てくれるソウさんの目が、好きだった。あの目は、僕の嫌な過去を思い出させると共に、それを忘れさせてもくれた。

隣に座っている女性の二重幅までは確認することができなかった。そこまで近づいてしまえば、彼女があの人かそうでないかわかるというのに。そもそも、声をかけてしまえばいいのだ。「ソウさんですか?」とか「僕のこと覚えてますか?」とか。そんな一言で、この悩んでる時間はすぐになくなる。でも僕はそれができない。彼女がソウさんではなくて、全くの人違いだとして、知らない人に声をかけてしまったことに対して恥ずかしさを感じてしまうとか、そういう怖さがあるわけじゃない。僕が怖いのは、彼女が本物のソウさんで、それを僕が確信できて、そして彼女も僕のことをノコくんとして認識していて、それなのに僕の問いかけに答えてくれなかったら、僕という存在を無視されたら、僕は一体どうなってしまうのかわからないのが怖いのだ。

女性のことを観察しているうちに、電車は目的の駅に止まろうとしていた。

僕は結局、女性に声をかけなかった。電車が止まる。微睡んでいた女性はスッと目を覚まし、軽やかに電車を降りた。背筋を伸ばして。その背中に吸い込まれるように、僕も後から降りた。

追いかけようとしていなくても、僕の目は女性から途切れさせてくれなかった。眼の前にエスカレーターがあるというのに、女性は降り口から少し遠い階段の方へと早足で歩いていく。僕の足も、自ずと階段の方へと動いていた。

僕の方が歩幅が大きかったのか、先に歩いていた女性をすぐに追い越してしまった。振り返る。ここで振り返らないと、もう二度と本当を確かめられないような気がしたから。

確かに目が合った。1秒にも満たない時間。その人が誰なのか理解するのに、それ以上の時間はいらない。

彼女はソウさんじゃない。

話しかけるまでもない。だってソウさんはいつも僕のことを見てくれていたから。あの目を見間違うはずがなかった。

わかっていたはずだった。わざわざ確かめなくとも。女性が隣に座ってきた時点で、もしソウさんだったなら匂いだけでソウさんだとわかるはずなんだ。それでも、期待していたかった。最後の最後まで信じていたかった。

女性は急に振り向いた僕に一瞬驚いた顔をしたが、すぐに人混みに溶け、僕を追い越していった。僕は彼女を追いかけるのをやめた。馬鹿馬鹿しい。今では彼女のどこがソウさんに似ていたのかもわからない。少し身長が似ているだけで、髪型が、肌質が、足音が、少しでもあの人を思い出すような要因があるだけで、可能性を探してしまう。本当は最初から何も似ていないのに。

あの人がこんなところにいるはずがないのだ。そもそも、どこにもいるはずがない。僕がソウさんを見つけることは、もうできないのに。


ソウさんは死んだ。

あの人と出会って、半年と少し経ったくらいのことだ。

実際にこの目で確かめたわけじゃない。ソウさんの妹だと名乗る人が、僕の元に来て教えてくれた。その人の顔はソウさんに似てなかったけど、唇の薄さと声質がソウさんにそっくりだった。目を閉じれば聞き間違えてしまうくらいに。

妹と名乗る女性は他にも何か言ってくれていたが、もう思い出せない。

ソウさんが、死んだ。

その言葉を頭の中で咀嚼することで精一杯だったのだ。

だって、昨日まで話していたじゃないか。ドラクエはやったことないけど、ファイナルファンタジーならやったことあるとか、でもパルプンテならわかるとか、話してたんだ。

「事故ですか、自殺ですか、他殺ですか」

妹と名乗る女性は、僕の問いかけにただ首を横に振るだけだった。

「ソウさん、あの人、なんて名前なんですか。年齢とか、血液型とか、なんですか。出身地、どこですか。あなたの他に兄弟はいますか。ご両親はお元気ですか。恋人は、いるんですか。僕、何も知らない。何も知らないじゃないですか。なんで死んだんですか、どこで死んだんですか。遺体はどこにありますか。もう骨になってしまうんですか」

それでも、何も答えてくれなかった。死因も、あの人の人生も。

17歳の半ば、ソウさんは児童養護施設の職員として僕と出会ってくれた。

義務的に、事務的に僕を大人として育てようとしてくれる施設の先生たちは、ありがたいくらいに先生だったけど、ソウさんはそれまでの職員とは全然違った。

物心ついた頃から施設で育つ僕は、ずっと1人で生きていけるための準備を教えてもらっていた。誰にも頼ることはできない。誰も信じることはできない。社会に出る前に、1秒でも早く大人にならなければ。未成年でいる間はそれの準備だと、先生たちはガラス玉みたいにぼんやりとした笑顔で語りかけてくれた。

「君は子供なんだから、もっと大人に頼っていいんだよ」

施設に来たばかりのソウさんが言った。

まだオムツ離れが出来ない子供たちが汚したシーツを片付けている僕を見ながら。

「僕は子供じゃないです」

「子供でしょ、どう見ても」

僕の手からシーツを取り上げる。

「僕はおねしょなんてしない」

「だってわたしも大人じゃないよ」

初めて、目が合った。澄んだ瞳。

記憶に残っているお母さんがいる。しゃぼん玉をしてた。春だったと思う。空がピンク色をしていたから。多分、2歳くらいの頃の話で。ねえ、楽しいねえ、飛んでっちゃうの、楽しいねえ。お母さんが、笑ってる。僕は泣いている。楽しくないよ、お母さん、壊れちゃう。やだよ、なくなっちゃうの。

この人の瞳はしゃぼん玉みたいに透明だった。ただそこに留まっているしゃぼん玉。どこにも飛んでいかない、2つのまんまる。

「わたしが大人じゃないんだから、君も大人じゃないよ」

「君って名前じゃないです。僕の名前は」

「名前なんて、なんだっていいでしょ。そんなことよりももっと楽しい話をしようよ。好きな音楽の話とか、ゲームの話とかさ」

施設では音楽を聴くのもゲームをするのも禁止されていた。娯楽といえば、週末に1本見る映画や、21時から1時間だけ見られるテレビだけだった。

「音楽とかゲームの話なんかしたら先生に怒られるじゃないですか」

「わたしは先生じゃないよ」

「いや、先生でしょ」

「学校にも帰る場所にも、先生しかいないのはつまらないでしょ。だから、わたしは先生やめる」

「そんなのおかしいよ」

「おかしいかどうかはわたしが決めるから。じゃあ、お互いの呼び名を決めよう」

さっきまで山盛りに積み上げられていたシーツが、洗濯機の中でぐるぐると回っている。いつもは重たいシーツが、今日は半分の重さで、僕の隣には意味のわからないことを言う人が立っている。

「あなたのこと、何も知らないのに呼び名も何もないですよ」

「ああ、それはそうか。うーん、そうだなあ。あれが好きかな。ホラー映画とか、スプラッター映画」

「ああ、ソウ」

クラスメイトが話してた怖い映画の噂話が思い浮かんだ。

「あ、知ってる？　わたしはね、ホステルとか好きかな」

それからね、なんだろうなと嬉しそうに隣でソウさんは考えるそぶりをした。

「じゃあソウさんって呼びます」

ぼそっと呟くと、さっきまで聞いてもいないのにずっと喋っていたソウさんの声が初めて止まった。

「ねえ、一番好きな映画はそれじゃないよ」

共有スペースで勉強をしていると、ソウさんはいつも邪魔をしにきた。小学生や中学生の子達ですら、大人みたいに気を使って僕に近づかないというのに。

「だから、僕はゲームなんてしないです」

「やろうよ、今度持ってきてあげるよ」

「なんで施設の職員なのにルールを破ろうとしてるんですか」

「見つからなければいいんだよ」

「あと何年かしたらできるようになるのに、わざわざ危ない橋を渡るほど馬鹿じゃありません」

「だって、今やった方が楽しいよ」

「今も明日も来年も変わりません」

「そうかなあ」

ソウさんは頬を膨らます。幼い子供のように。

「絶対今やった方が楽しいよ。だって、今は明日じゃないから」

それからどれだけ断っても、他の職員の目を盗んで、ソウさんはゲームやCDプレイヤーなどの娯楽用具を施設に持ってきて、僕たちに遊ばせた。幼い子供が寝た後は怖い映画とポップコーンを持ってきたし、就寝時間を過ぎてもずっとおしゃべりをしている夜もあった。

僕はソウさんが持ってきたCDの中で、神聖かまってちゃんが特に好きだった。それを知ったソウさんはいつからか僕をノコくんと呼ぶようになった。

今思えば、他の職員に何もバレていないのが不思議である。それくらい、ソウさんは他の職員とは毛色が違った。

他の子たちもキラキラした目でソウさんを見た。僕と同じように、僕とは違う意味で。ソウさんはみんなに優しかったけど、僕のことだけ何も知ろうとしなかった。他の子の誕生日を祝ったり、他の子の名前を呼ぶくせに、僕のことは頑なにノコくんというあだ名で呼び、誕生日のたの字も口にしなかった。

「なんでみんなの名前を知っているのに、僕の名前だけは知ろうとしないんですか」

すでに変な職員としてではなく、面白い人としてソウさんと接していた僕は、少しだけ不満な気持ちになっていた。

「知ってほしいの？」

「知ってほしいというか、おかしいじゃないですか。名前も年も知らないなんて」

「だって、それで困ったことある？」

「いや、ないですけど」

「じゃあ、いいでしょ」

ソウさんは珍しくすぐに話を切り上げようとした。

「でも、僕だけ誕生日を祝ってくれないじゃないですか」

自分でも随分子供みたいな文句だとわかっていた。こんなことを言うまでに、絆されてしまっている自分も悔しかった。

「おめでとう」

「え？」

「毎日言ってあげる。毎日おめでとうって思ってるから」

「そういうことじゃ……」

それ以上、僕は何も言えなかった。本当は自分でもわかっていたから。本当は何も知ってほしくないことも。何も祝ってほしくないことも。

自分自身の生い立ちに苛立ちを感じていた僕に名前を明かさなかったソウさん。明かしてくれたのはソウさんの好きなもの全てだった。

ただの過程だった僕の10代に意味を作ってくれた彼女を、同じ歩幅で歩いてくれる大人を知らない僕の隣を歩いてくれた彼女を、そばにいるだけで安心できるという現実を教えてくれた彼女を、僕の目を見てくれた彼女の全てを、僕は好きだった。17歳の幼さの全てでソウさんを好きだったんだ。

ソウさんはどうせ知っていたんだろう。僕がソウさんの死を信じられないでいるのには、もう1つ理由がある。

ソウさんの妹と名乗る人に、ソウさんの死を告げられた日は、僕の18歳の誕生日で、施設からの退所日だった。

ソウさんがいなければ、僕は大人ぶった子供のままだったかもしれない。それか、子供になれなかった大人。そしてソウさんがずっとそばにいたとして、僕は上手に1人で歩くことができなかったかもしれない。だから、この日に死んだと嘘をつくことが、ソウさんの最後の優しさなんだって、そう思わずにはいられない。ソウさんは知っていたんだ。知らないふりをしていた僕の名前も、誕生日も、年齢も。僕だけが何も知らなかった。

これは僕の都合の良い妄想なのだろうか。本当にソウさんは死んでいて、ただただ偶然が重なって、今日伝えられただけで、本当の本当にどこにもいなくて。

いや、そんなはずはない。あの人は今もどこかで元気に暮らしていて、好きな映画を観て笑ったり、ゲームの話をしたり、誰かに愛されたりしているんだろう。そんなことだけを考えていないと、僕はどうやったって生きていけない。

施設には、僕みたいに誕生日を知られたくない人、名前が嫌いな人がいる。親につけられたもの、親が自分にくれた日、それら全てを呪いに感じている人は少なくはない。でも、僕は異常だった。異常なまでに自分の名前が嫌いで、自分の誕生日などおめでたくもなんともなかった。

僕の母親は僕を殺そうとした。僕の3歳の誕生日に。そして帰ってこなかった。刑務所から出てきても、新しい家族ができても。

そんなことを、ソウさんが知らないはずがなかった。それを知っていて、あの人が、ソウさんが、僕の誕生日に死ぬはずがないんだ。そうでなければあの人は、誰とも変わらないただの大人になってしまう。


ソウさんを思い出す時、僕はいつも誕生日の中にいる。あの人は、約束通りあの日からおめでとうとおはようを同時に言うようになった。そんなに言ったらありがたみがなくなると言っても、絶対にやめなかった。たまにおやすみと言う時におめでとうと言う時もあった。あまりにもしつこいので、もう言わなくていいですよとお願いしたこともあった。

「減るもんじゃないものは多いに越したことはないでしょ」

今でもその声を鮮明に、寸分の狂いもなく脳内で再生できてしまう。

どこにもいるはずのないソウさんのかけらを、似ている人に当てはめては落胆するのは、一体何度目だろうか。僕はそれが嫌で、外に出るのをやめた。

色々と思い浮かべながらぼんやり歩いていたら、あっという間に約束の場所に着いた。

「ソウさん！」

聞きなれた旧友の声が後ろから聞こえてくる。僕の名前を呼ぶその声が。

僕は今日25歳になった。

見つめる

わたしはまだ、人生というものを知らない。ぬるま湯みたいな温度のリビングで、あなたを愛することしかできない。

じいっとあなたを見つめる。それはわたしの仕事。あなたは干支を6周もしているから、わたしが知っていくにはあまりにも時間が足りないけれど。

あなたの耳は、プレッツェル。大きくも小さくもない、ちょっとハートみたいな愛しい形。でも少しだけ耳は遠いから、大きな声で呼ばないと振り向いてはくれない。

あなたの髪は、しだれ柳。ゆらゆら揺れて、森の中。くるんと丸い毛先が鼻先をくすぐって、わたしを惑わす甘い香り。

あなたの声は、雨上がりの春。深い眠りにつく前、最後に聞いていたい音。その声で名前を呼ばれると、わたしは自分がかけがえのないものに思えてくる。

あなたの心は、しろくまの透明な毛。どこまでも美しい器。誰にも傷がつけられていない幻。

あなたのこと、世界で1番好き。あなた以外の人はよく知らないわたしだけど、この広い世界で巡り会ったあなたは、きっと他の誰よりもかけがえのない人。あなたを彩る全てが、わたしにとっては宝物。あなたという生き物が、わたしを幸せで満たしていく。

わたしの好きなあなた、そのすべて。

でも本当は、あなたの目が1番好き。朝に見ても、昼に見ても、夜に見ても、あなたの目はきらきらと輝いている。初めて会った時から、今日までずっと。あなたの目は、水辺に浮かぶ星空のようで、わたしは一瞬で吸い込まれてしまう。あなたの瞳の中の地球には、きっと街灯はない。誰も住んでいない。ただそこには湖と星があって、いつも真夜中だ。わたしを見つめるあなたの目。その世界で生きるわたし。

わたしの仕事はあなたを見つめること。椅子に座って、テーブルの向こう側に座るあなたを見上げる。わたしの好きなあなたを噛み締める。あなたは起きているときのほとんどの時間、テーブルの横にぽつりと置いてあるテレビに夢中で、一人でぶつぶつと感想を呟いている。しだれ柳のように変幻自在の前髪に触れながら。時々わたしに感想を求めてくるけれど、わたしはテレビじゃなくてあなたを見ているので、たいていは黙って首を傾げるだけ。あなたも特に答えを求めているわけではないので、またわたしたちは沈黙の中に暮らす。

あなたはテレビを見るのに飽きると、わたしを見る。それに気づいてわたしがあなたを見ると、あなたは片方の口角だけを上げて、少女のように笑う。その仕草が好きで、わたしはあなたをわざと見ない時がある。そしてわたしがあなたをわざと見ていないのを、あなたは知っている。わたし達はそういう面倒くさい部分が、少し似ている。

あなたは少し意地悪なので、わたしがじっと見つめているときは、わたしのことを見つめ返してはくれない。でもあなたからわたしを見るときは、あなたはわたしがいつもするように、わたしのことを見つめ続ける。わたしが愛おしさに溢れてしまって目をそらすと、あなたは満足そうに笑う。負けじとわたしも見つめ返すときは、わたしたちは昔から慣れ親しんだ恋人のような雰囲気を部屋中いっぱいに充満させる。でもやっぱりいつも先に目をそらすのはわたしの方だ。

わたしが1番好きなあなたの眼差しは、あなたが少しくたびれている日、ぶどうジュースを飲みながらわたしを見下ろす目。1秒にも満たない一瞬。少しだけ伏目がちになったその目は、あなたのまつ毛までもきらきらと光らせている。どうしていつもよりも目を細めているのに、わたしが1番好きなあなたの眼差しは、どの星空よりも綺麗なのだろう。わたしはその眼差しに溶かされるとき、あなたのことが心から好きだと思う。はじめてあなたの目に囚われたときの、あなたに救われた日のわたしを思い出して、痛いくらいにあなたを抱きしめたくなる。けれど、わたしを抱きしめるのはいつもあなただ。わたしはあなたに何も与えることができない。

しろくまの皮膚は黒い。光に反射して透明に見えるあの毛並みの美しさを、わたしはあなたといつも重ねる。同じきらきらを。目には見えない心が光るあなたに。

「めんこいね、お前は」

コマーシャルが流れる間、あなたは雨上がりの春の音色をわたしに向ける。わたしの名前は『めんこい』ではないのだけれど、あなたはわたしを見つめるとき、いつもそうやって言うのだ。片方の口角を上げて。誇らしそうに。その度にわたしは、生まれてきた喜びと、いつか来るお別れの両方を思い知る。

わたしはまだ、人生というものを知らない。そして、それを知る前にわたしの人生は終わるのだろう。あなたの一生の内の６分の１も満たせないままで、あなたよりも先に。あなたの腕の中で。わたしの好きな眼差しに愛されながら。

その時が来るまで、わたしはじいっとあなたを見つめる。わたしの瞳の世界の中で生きるあなたも、あなたの星空と同じように美しい。わたしはあなたを見つめ、お腹が空けば食事をして、疲れたら眠り、そしてまたあなたを見つめるだけの生き物だ。そんなわたしにできる唯一は、ほんの少しでも長く、この美しい世界が続けばと願うことだけ。

プレッツェルの形をした可愛らしい耳に届くように、私は今日もそんなちっぽけな魔法を唱える。

「わん！」

「こら、吠えない。ねえ、見て、大食い番組だって。あんなにいっぱい食べれないよねえ」

墓雪

名残の雪が何度も呼び止める。立ち止まって振り返れと。

「あなたは素直で良い子ですね」

黄色いビー玉、こたつに入ったペンギン、枯れ草の匂い、世界が止まる音、贈り物みたいな言葉。

これは幸せの形だ。ただ、そこに陸の輪郭はない。

なぜなら、俺は幸せを踏み潰すために生まれた。陸はずっとそう思っている。冬から春に変わる刹那に、雪道がアスファルトに戻る前のあの底なし沼のような道に、一歩ずつ命は沈んでいく。自分にだけ似合わない春に怯えて。


「アパートまですぐに来て」

午前4時。由実からかかってきた電話は、その一言ですぐに切れた。こっちの事情を少しも考えていないやり取りは、昔から変わらない。

携帯と財布だけ持って、陸は家を出た。4月の真夜中は薄ら寒くて、少し厚手のマウンテンパーカーを着てやっと暖かいくらいだった。

由実とは12歳の時に出会ったので、今年でちょうど人生の半分を共にしたことになる。陸も由実もお互い実家を出たというのに、地元で1人暮らしを始めた。

この街はやけに薄い色のアパートが並んでいる。最近はホームセンターが出来て、日中は車の動きが激しい。駅には趣味の悪い電光掲示板が展示されていて、今流行りのアイドルが薄着で歌って踊っている。

陸が子供の頃は、もっと自然が多かったように思う。家よりも多く木々が並んでいて、夏にはやたらと蝉が鳴いていた。目立つものといえば通学路にあった大きくてギラギラしたパチンコ屋だけで、いつも駐車場には大量の車とタバコの吸殻が落ちていた。名前も知らないおじさんが大げさに手を振ってきて、陸はそれを毎日無視した。

陸が拾われて、由実が生まれた街。

10分ほど歩けば、すぐ由実のアパートに着く。淡い紫色したアパートは、バケツの中に混ざった絵の具みたいだ。

いつも由実の部屋は鍵がかかっていない。何度注意しても無駄だったので、陸はだいぶ前から何も言わなくなった。いつだってドアを開ければ、窓際のベッドに座っている由実が片手を上げて待っている。「陸、相変わらず暇だな」なんて笑いながら。

だが今日は違った。錆び付いた階段を登ると、ドアの前で薄手のパジャマを着た由実が蹲っている。

「何してるの」

陸が問いかけても、由実は顔をあげない。とりあえず由実の隣に腰掛ける。ここまで落ち込んでいる由実を見るのは生まれて初めてだった。

「なんだよ、また別れたのか」

由実が最近彼氏とうまくいっていないのは知っていた。ただ、由実に限って男と別れたくらいでこんな風に大袈裟な態度は取らないことも、陸は知っていた。

「犯された」

呪文を唱えるように、由実は顔を膝に埋めたまま呟いた。

「は?」

聞こえなかったわけではない。ただ、その言葉はあまりにも非現実的すぎて、言葉通りに受け取ることが出来なかった。

「だから、犯されたんだって」

今度ははっきりと、顔を上げてそのおぞましい言葉を由実は繰り返した。陸を睨みつけるその目には、涙が溜まっている。一晩中泣いていたのかもしれない。その整った顔には、くっきりと涙の跡が残っていた。

誰が、どこで、どうして。そんなありきたりな言葉たちは、どれもふさわしくないように思えた。どんな言葉を選んだとしても、今にも死んでしまいそうな友を救うことはできないだろう。そして、そんなありきたりな言葉たちは、聞かなくてもわかる答えだった。

　この部屋で、この綺麗な顔の友は、あいつに汚されたのだ。そうでなければ、こんな無防備な格好で陸を待っているはずがない。

「殺しても、いいかな」

　由実のか細い声は、白い吐息と共に夜明けに消えていく。

「いいよね、もう」

　その言葉は陸に対して言っているようでもあり、由実自身に言っているようでもあった。殺すという言葉が、生々しく陸の耳を刺す。由実の言葉が本気だとわかるからこそ、陸は体が震えた。

「青春と山椒は、よく似てる」

「え?」

　唐突な陸の言葉に、由実の鋭く尖った目がまん丸く開く。

「響きが、似てる」

「うん」

「殺してもいいっていうのと、死んだほうがいいってのは、響きじゃなくて意味が似てる。でも、同じじゃない」

由実は陸の言っていることの意味がわからないのだろう。難しい問題を目にした時のように、ぽかんと口を開けている。

陸も、自分で何が言いたいのかよくわからなかった。でも由実の言葉と同じように、それは由実と陸に言い聞かせなければいけない言葉だった。

「だから、つまり、そいつは、死んでもいいんだと思う」

人を殺していいわけがない。そんなことはわかっている。でも、由実が傷ついていいわけもなかった。

「ばかだぁ、陸」

まん丸く開いた由実の目が、三日月の形に変わる。幼い子のような猫なで声は、12歳の時から変わらない。

そっと、由実の小さな手を掴む。どれくらいの時間この場所にいたのだろう。付き合ってもいない女の手は、陸の体温を蝕むほど冷たかった。

「あいつなんだろ」

やっと核心に迫る。犯されたと聞いた時から、陸の頭の中ではあいつの顔が浮かんでいた。子供の頃に由実から見せられた写真の中の男。由実は黙って首を縦に振る。

由実の父親が、この部屋に来て由実を犯した。

由実と初めて話した時、こいつのことを好きになることは一生ないのだろうなと思った。

「貰われっ子、何してんの」

紺色のセーラー服の肩のあたりに雪を積もらせて、由実はブランコを漕ぐ陸を見下ろした。暦の上ではもう春なのに、その日は雪がまばらに降っていた。

「別に、何も」

陸はすぐに由実から視線を外して、足元を見た。風に揺られた芝生は伸び切っていて、陸の足首をくすぐっている。

この公園は陸にとって数少ないオアシスだった。中学校からも家からも遠い公園は程よく静かで、夕方になれば元気な小学生もいない。誰も管理していないのだろう。公園の周りに浮かぶ池は苔まみれで、汚れた鴨が泳いでいるだけだ。

この公園で門限まで時間を潰すのが陸の日課だった。

「転校してきたばかりで友達いないんでしょ」

由実は陸の態度を気にすることなく、隣のブランコに腰掛けた。ピンク色のブランコはペンキが剥がれて、ほとんど灰色になっている。

「勝手に座んなよ」

「別に貰われっ子の場所じゃないでしょ」

由実は陸を挑発するように、思い切りブランコを漕いだ。あまりに思い切り漕ぐので、スカートが大げさに捲れる。陸は思わず顔を背けた。由実はそんなこと気にならないようで、何度も力強くブランコを漕いだ。台風みたいに強い風が、陸の前髪を乱す。

「お前こそ何してるんだよ優等生」

貰われっ子という言葉が気に触ったので、陸もお返しに嫌味を言い返した。陸はそっぽを向いたままだったので、由実の表情はわからない。

同級生で由実のことを知らないやつはいなかった。転校してきたばかりの陸ですら、クラスも違うのに由実のことはすぐに覚えることができた。

容姿端麗、文武両道。漫画みたいな設定の、みんなからの憧れの女子が隣にいるというシチュエーションは本来なら嬉しいことなのだろうが、あまりにも不躾な物言いに陸は嫌悪感を感じていた。

「学校休んだ子のプリント届けに来たら、貰われっ子がいたからさ」

ブランコを漕ぎながら喋っているので、由実の声は遠くなったり近くなったりと忙しい。

「用が済んだんなら帰れよ」

「ここ、いい公園だね」

由実は陸の言葉が聞こえないかのように、楽しそうに笑っている。陸は返事をしなかった。

「明日もいる？」

陸は無視をし続けた。誰とも喋りたくなかった。

由実は勢いよくブランコから飛び降り、また陸を見下ろした。

「明日もいるかって聞いてんの！」

公園を飛び越えてしまいそうなくらいの大きな声に、思わず陸は耳をおさえた。

「で、どっち？」

「いるよ、いる」

「そっか、じゃあまた明日」

由実は満足したように、片方の眉を上げて見せた。

次の日、本当に由実は公園に来た。次の日どころか、それから放課後は毎日公園にやってきて、一方的に喋って気が済んだら帰って行った。

数学教師の髪の毛が薄くなってきた話、昨日テレビでお笑い芸人が滑って転んで骨折した話、４組の原田公平に告白されて断ったらブスって言われた話とか。どうでもいい話ばかりが、公園の向こうに飛んでいく。知らない間に芝生は綺麗に刈られていた。

陸は由実の話に適当に相槌をして、空を眺めていた。

最初は由実のことを迷惑で嫌な女だと思っていた。その印象は特に変わることはないが、なんとなくもうそれにも慣れていた。諦めというわけではないが、陸もなんだかんだ由実との会話を楽しんでいたのだと思う。

未だに由実は陸を貰われっ子と呼ぶ。不思議ともうその言葉にも腹は立たなくなっていた。そう呼ぶ声に、憐れみや面白がる素振りが感じられなかったからかもしれないし、ただ単純に、自分が親に捨てられたという事実を、陸自身がどこか遠い国のことのように思っていたからかもしれない。親に捨てられて、他人に拾われて、知らない街の知らない公園にいることは、未だに本当じゃないような気がしていた。

「親がいない人に言ったらさ、自慢げに聞こえるかもしれないけど」

公園で由実と話すようになって、もう何度目かの放課後。突然どうでもいい話を始める由実が前置きを置いて話すのは珍しいことで、陸は空を眺めるのをやめて由実を見た。

「うちはお母さんが夜に働いてて。あ、夜って言ってもなんか綺麗な感じのお店じゃなくてね。工場の夜勤なんだけど。で、父親は無職なのね。しかも、よそに女がいるわけ。もう街中が知ってる。大っぴらに夜中に女と歩いてるらしいからさ。だからあんまり帰ってこないんだけどさ。それはそれでいいの。だっていても酒に酔って暴れるだけだしね。めちゃくちゃ典型的な毒親って感じ」

　由実の話し方は妙に甘ったるい。話を聞いてるだけでは秀才とは思えないほどだ。でも今日はその甘ったるさが、映画のようなその話に無駄な現実味を帯びさせた。

「それまでは、酔っ払いの相手をしてるだけで良かったんだけど、私が中学生になってからあいつ、私を見る目が明らかに変わったんだよ。これは自意識過剰じゃないよ。そういうのって、わかるんだ。今までは弱者を見る目っていうのかな、馬鹿にしたような、そういう目。でも今は、異性を見る目。値踏みして、舐め回すような目。こーんな目」

　由実は両手の人差し指で目尻を釣り上げて見せた。その冗談めかした口調と態度は、ちゃんと本当のことを話してるとわかるから、もっと冗談っぽく聞こえた。

「ああいうのってさ、多分生まれつきなんだろうね。生まれつきああいう目つきになるんだよ。そうじゃなかったら病気だね」

　自嘲的に笑う横顔は、相変わらず端正な顔立ちだが、もしかしたら数年前はそうではなかったのかもしれない。

「いつか私、あいつに人生めちゃくちゃにされるんだろうな」

　由実は息を大きく吸い込む。

「お母さんだって同罪だけどね。あんな男と結婚して、野放しにして、あいつのあの目を許してる。気づかないはずないでしょ。実の娘に向けてるあの目を。でも、何も言わないの。自分が被害者になりたくないから。自分が傷つかないために娘を犠牲にしてもいいと思ってるんだよ。その罪滅ぼしのために外に働きにいってるのかもね」

そこで話は終わったようで、由実は黙ってブランコを漕ぎ出した。

「なんでそんな話、俺にするの」

由実と陸は確かに最近はよく話す。でもそれだけだ。深い話をするような仲かと言えば、そうではない。

「なんでだろ。どうせ狭い街だし、いずれわかることならさ、噂じゃなくて、自分の口から話したかったのかも」

由実は顔だけをこちらに向けて、じっと陸を見つめた。

「それに私達、他人に同情できないでしょ」

陸を見つめる目が、三日月の形に変わる。少しつり上がった目の奥は、笑っていない。

「俺は、親がいない」

由実の話に感化されたわけではなかった。ただ陸は、自分の中の礼儀として黙ったままではいられなかった。

陸の親がいないことは、学校中の人間が知っていた。由実の言う通り、狭い街だ。顔も知らない誰かが面白がって新しくやってきた人間の素性を調べ上げ、そしてそれを拡散する。どの時代にもあるありきたりなコミュニケーションだろう。親に捨てられて、他人に拾われた中学生なんて格好の的だ。どこにいても指を刺される。だから陸は、誰もいない鬱蒼としたこの公園が好きだった。

「でも、俺は本当の親を知ってる。3歳まで一緒に暮らしてたんだ。普通はそんな小さい頃の記憶なんてみんな忘れていくらしい。でも、俺は覚えてるんだ。母親は最後の日、小さなリビングで寝転がってた」

誰かにこんな話をしたのはもちろん初めてのことで、口に出した現実はするすると陸の体から抜けていく。

「父親に抱かれて、家を出た。抱かれてた時の体温の感じ、今でもある。カサカサしてた、父親の肌。3月だ。今よりちょっと寒かった。こんなふうにまだ雪があって、それで、でもそれだけ。そこからずっと、施設にいて、それで今年、貰われた。俺くらいの年齢で里親が迎え入れてくれるのは珍しいんだ。だって、なるべく小さい子のほうがいいだろ」

里親の横山夫妻は60代の夫婦で、子供がいなかった。物腰が柔らかく、誰から見ても優しそうな人たちだ。大きな持ち家を持て余して慎ましく2人で暮らしていた。

こんな人達が両親だったら幸せなことだろう。でも、それは結局他人事だった。陸にとってはその優しさが苦痛だった。

優しいからこそ、陸だったのかもしれない。いきすぎた優しさで、貰われるはずのない子供を選んだのかもしれない。数ヶ月一緒に暮らしてきたが、ずっと彼らは陸に対して優しかった。陸が少し自室で勉強をしていれば褒めてくれたし、皿洗いをすれば「陸君は本当に気が利くね」と笑ってくれた。休日には水族館に連れてってくれて、ペンギンのぬいぐるみを買ってくれた。それは普通の家庭では得られない優しさだった。普通とは何か、そんなものはわからないが、優しさだけを与える家族などこの世にはないということくらいは、陸でもわかる。

「俺は恵まれてる方だと思う。でも、それだけだ」

「それだけしかないことが、恵まれていないってことだよ」

由実は自分のことを話す時よりも、真剣な顔をして呟いた。

「お前、変だな」

「は？　なに急に」

陸が笑うと、由実の真剣な顔はすぐにいつものふざけたような、整った顔によく似合う明るい表情に戻った。

「そういえば昨日の夜お笑い特番やってたけど見た？」

今まで適当に相槌を打ってたけど、本当は陸もずっとお笑いの話がしたかった。数学教師の話にも笑って答えたかった。それが出来なかったのは、怖かったからだ。由実のことを受け入れてしまうのが怖かった。

「見たよ、サンダーマンがコンビニの駐車場でローション相撲するところめっちゃ面白くなかった？」

「あれさ、ちょっとやってみたいとか思うよな」

「ばかだぁ、陸」

由実は笑った。三日月の形の目をして。

それからも、公園での密会は続いた。お笑いの話と、学校の話と、それから家の話を少しするのが、平日の日課になっていた。

学校でも陸と由実は一緒に過ごすことが増えた。もちろん噂の種は色々なところに蒔かれたが、特に気にならなかった。１人の時は少しのこそこそ話ですら気に障ったのに、共有する人間ができたことで気が大きくなっていたのかもしれない。

高校生になってお互い別々の学校に行っても、公園に集まってはくだらない話をした。ピンクのペンキが剥がれたブランコは、いつの間にかライトブルーに塗り替えられた。

バイトをするようになって以前より行ける場所が増えたのに、相変わらず陸たちの居場所は公園だった。

ただ、中学生の時にはなかった話題がある。お互い恋愛の話が増えたのだ。

「お前さ、いい加減客に手出すのやめろよ」

「だって、仕方ないじゃん。出会っちゃったんだもん」

由実は街のはずれの古びた喫茶店でバイトをしていた。立地が悪く、駐車場もないその喫茶店は、学生は寄り付かず、ほとんど年配の客で賑わっていた。若くて40代が来ればいい方だ。

由実はその店のことを「人から見れば墓場同然かもしれないけど、私にとってはオアシスだね」と笑った。わざわざ高校からも家からも遠いバイト先を選んだのにはどんな理由があるのかと思えば、男が目当てだとは。陸は最初にそれを聞いた時、呆れて何も言葉を返せなかった。

「お前と別れた男はみんなあの店に来なくなる」

由実はバイトを始めてから半年で彼氏を7人変えた。どれも50代以上の恰幅のいい男だった。男を取り替えるたび、一緒に撮ったプリクラを見せてきたが、正直みんな同じ顔に見えた。陸は密かに由実の彼氏たちに番号をつけて呼んでいた。もうすぐ8号ができるだろう。

「また新しい男呼び込めばいいじゃん」

「そういう問題じゃないだろ」

「ていうか、陸だってまだあの店長のこと好きじゃん」

由実は話を変えるきっかけにするように、強くブランコを漕いだ。中学生の時よりスカートが短くなって、完全に下着が見えているのだが、陸はもう全く気にならなかった。

「いいだろ、好きになるくらい」

「人妻でしょ、まじで時間の無駄」

陸は駅前のハンバーガーショップでバイトをしていた。中学生の頃に義両親に何度か連れてきてもらったことがある。どこにでもあるチェーン店だ。

面接してくれたのは店長だった。義母よりも少し年上に見えた。快活で笑顔が似合う人だ。こんな笑顔の人に接客を受けたら、追加でドリンクを買ってしまいそうになるだろう。そんなことを考えていたので、陸は面接の時に何を聞かれたのかも、何を話したのかも全く覚えていなかった。

だから面接した1週間後に『うちで働いてくれますか？』と店長から電話が来た時には驚いた。それまで3つ面接に落ちていたのだが、あんなにバイトの面接に落ちたのはこの日のためだったんだなと思ってしまうほどには、陸はもう店長のことが好きだった。

「いいんだよ、別に付き合えなくても」

「何それ」

「見てるだけで幸せなの、俺は」

店長は週末になれば、お孫さんを連れて出勤してきた。まだ小学生にもなっていないその子は、陸のことを「お兄ちゃん」と呼んで懐いてくれる。陸はその瞬間が、とても好きで、少しだけ嫌いだった。

陸と由実は2人共、憧れの存在はどちらも年上だった。それも親と同じくらいの異性。それが健全なのかは置いといても、お互いが恋愛対象ではないことは2人にとって幸いだった。どちらか一方が恋心を抱いても、はたまた2人とも抱いても、この関係を継続することはできないだろう。

気がつけばもう空は真っ暗だった。街頭もまばらな公園から見る夜空は、おもちゃ箱に描かれた嘘くさいイラストのようだ。

中学生の時は19時には家に帰っていたが、高校生になってからは門限も延びた。22時まですっと喋って、走って家に帰ったこともある。

「由実はさ、なんでおっさんが好きなの」

暗黙の了解ではなかったが、お互いの恋愛思考については話さないようにしていた。

「悔しいじゃん」

「悔しい?」

「あのクズへの当てつけ」

由実は高校生になってから、父親のことをクズと呼んだ。

「あいつはさ、私のこと抱けないの。でも、同年代のおっさんは私のことを好きに抱ける。それってさ、すごいことだよ。革命だと思う」

「愛とかじゃ、ないんだな」

勝手な思い込みだが、父性を正しくもらえなかったことで、愛情を年上の男からもらおうとしているのかと思っていた。

「陸は愛が欲しいからおばさんが好きなの」

「どうだろう」

改めて聞かれると、即答出来ない。

「だって店長さ、陸のお義母さんにそっくりじゃん」

由実は1度冷やかしに陸のバイト先まで来たことがある。それから何度も、店長は義母と似てると言ってくるようになった。

「そんなことないだろ」

「そっくりだよ、笑った時に目尻に3本シワが入るところとかさ、昔参観日で見た時のお義母さんにめっちゃ似てるよ」

「全然似てないよ、店長の方が綺麗だ」

義母は店長みたいに屈託なく笑うことはない。いつも陸に遠慮をするように小さく笑う人だった。

「まあそんなこといいけどさ、愛なんておばさんじゃなくてもいいじゃん。中学の時も英語の長谷部先生のこと好きだったしさ、あの人も50代とかだったよね。なんでおばさんがいいの」

「そんなのわかんないけど」

「ただの熟女好きってこと？」

「茶化すなよ」

陸が少し声を荒げると、由実は舌をぺろっと出しておどけて見せた。

「俺は多分、安心したいんだよ」

「安心？」

「一度親に捨てられたのに、誰かが愛してくれるなんてことありえないだろ」

いつも思っていた。また捨てられるかもしれないと。義両親はいい人だ。でもそれは、優しさではなく親切に過ぎない。その親切に陸はいちいち感謝をする。見捨てられないように。

「帰る場所が、欲しいんだ。それはきっと、今みたいに、わざわざ信じようとか、安心しようとか思わない場所なんだ。そんな場所ないのかもしれないけど、でも夢くらい見たいだろ」

「夢じゃないじゃん」

初めて真剣な話をした時のように、由実は真面目な顔で陸を見た。

「だから、あれだよ。俺が欲しいのは、無条件の愛情なんだよ。俺は求めないし、求められたくもない。セックスとか、付き合うとかじゃないんだよ、うまく言えないけど。そういうのって多分、同年代とかに思う感情ではないだろ」

なぜ年上の人ばかりを好きになるのか、陸にもうまく説明出来なかった。でも、年上の人でなければいけないということだけはわかっていた。

「貰われっ子って言ってごめんね」

急にしおらしく由実が俯く。

「なんだよ急に」

「だって、最低じゃん」

そんな何年も前のことは、言われなければ思い出すこともなかった。

「今更だろ、もう別に怒ってないよ」

「でもごめん」

由実は不躾なくせに、変に律儀なところがある。それがわかってるから、陸はもうあの時のことを本当になんとも思っていなかった。

「俺も、あの時優等生って言ってごめん」

「なんで？　別にそれは悪口じゃないじゃん」

「だって、優等生にならなきゃお前はあの時生きられなかっただろ。じゃあ良い言葉じゃない」

由実の真剣な表情が、整ったままでしわくちゃになる。泣きそうなのに、怒っているようにも見えるその顔は、夜なのに少し赤らんでいた。もう3年は一緒にいるのに、そんな顔を見たのは初めてだ。

「ばかだぁ、陸」

「ばかって言う方がばかなんだよ」

由実の顔をなぜかそれ以上見ちゃいけないような気がして、陸は昔みたいに空を見上げた。星の名前は1つもわからなかったけど、今日の星は多分いつもよりも数が多い。

「ねえ陸」

「ん、何」

「愛なら私があげるよ」

「は？」

思わず声が大きくなった。空から目を離し、再び由実の顔を見ると、もうくしゃくしゃの顔をやめて、満面の笑みを浮かべていた。

「愛を知らないから、あげられる愛ってあると思う。ゴミみたいな肉親に育てられた私が、優しい他人に育てられた陸に愛をあげるの」

「なんだよそれ、俺の話聞いてたのかよ」

「聞いてたよ、聞いてたうえで思う。私にできないことなんてない。だって、行動すれば結果はついてくる。私の人生はそうやって動いてきた。だから私は陸に愛をあげれるよ」

由実の理屈はよくわからなかったが、それが冗談ではないことは由実の表情を見ればわかった。

「お前が俺にくれても、俺はあげられねえよ」

「陸は何もしなくていいよ。ただ、変わらないでいてくれれば」

由実が陸の方に腕を伸ばした。両手が、陸の頬を包み込む。温かい手だった。人に頬を触られたのは、生まれて初めてだった。

「なんか乳臭いね、陸」

「なんだそれ」

どれくらいの時間、そうしていただろう。由実の手は暫くの間、陸の頬に触れていた。撫でることもなく、つねることもなく、ただ触れているだけだった。

気がつけば陸は泣いていた。悲しいわけでも、寂しいわけでもなかった。ただ、何もしなくていいという言葉が、温かい魔法のようで、そして残酷な呪いのようで、16歳になったばかりの陸には、処理しきれない感情だった。

それから数日して、陸はバイト先を辞めた。店長は「寂しくなるね」と言ってくれたが、きっと陸の方が寂しかった。

次に人を好きになったのは大学生になってからで、その人もまた、バイト先の人妻だったので、由実に散々笑いものにされたのもやっぱりいつもの公園だった。由実の彼氏の番号は、20歳になる頃には3桁になっていた。

そうして陸と由実は、歪んだ子供のまま大人になっていった。


「ラブホのベッドってさ、なんかもっと暖かくあって欲しくない？」

「知らないよ、そんなに来たことない」

「嘘つきだ」

さっきまでアパートのドアの前で泣いていた由実はどこかに行ってしまったかのように、ニヤつきながらベッドに横たわって足をばたつかせている。広いベッドは由実がゴロゴロと寝転がっているので、ほとんど座るスペースが残っていない。仕方なく由実の足が届かない隅っこに腰をかける。性行為をするためだけのその部屋は、狭い部屋にベッドだけが置かれている。

「あの部屋にはもう入れないけど、この体で陸の部屋には行けない」と由実が言ったので、由実のアパートから1番近いラブホテルに2人で歩いてきた。

そのホテルは陸と由実が高校を卒業する年に建てられた。

由実は高校を卒業してすぐに実家を出た。その時不動産屋に「あのラブホテルが見える家ならどこでもいい」と注文をつけたらしい。それ以来、ずっとあのアパートに住み続けている。

それと同じ時期に由実の両親は離婚して、母親だけが街を出た。由実の父親は生活保護を受給するようになり、狭苦しいアパートに引っ越した。

いつも由実の部屋から見えていた、ギラギラとピンク色に光るネオン色の中に、今日は

2人で入っている。外の煌びやかさとは違って壁も床もコンクリートで作られたその部屋は、愛情なんかを育む部屋には見えない。

「なんか、独房みたいだよな」

スリッパ越しに、冷たいコンクリートの温度を感じる。

「入ったことあんの、独房」

「あっても言わねえだろ」

「いや、そこはないって言うとこだし」

「そんなの言わなくてもわかるだろ」

いつもみたいな何気ない軽口は、知らない壁の匂いと混ざると他人事のように聞こえた。

「あのさ、百合子さんにこの前ペンギンの置物をあげたんだよ」

突然話を変えたのは、ラブホテルの雰囲気に飲まれていたせいもあったが、これが現実だと思いたくなかったからだった。

「ああ、好きだねあの人」

由実は右手の人差し指の爪を、ぼうっと眺め始めた。陸が百合子さんの話をすると、由実はいつもその仕草をした。

百合子さんは花屋を営んでいる。

花を買おうと思ったのは、由実が誕生花を欲しいとねだったからだ。人生の半分を共にした記念に、今年は特別にしたいとそう願ったのだ。

友人の誕生花なんて知るわけもないのでネットで調べてみると、由実の誕生花は菊の花だった。「仏花じゃん」と由実は小さく笑った。陸は何が面白いのかわからなかった。

仏花でもいいと由実が言うので、誕生日の1日前、11月の最後の日に花を買いに行った。そこまで仰々しくする必要もないだろう。デパートの片隅でいつも埃をかぶっている花を買おうと思っていた。というか、そこしか花屋を知らなかったのだ。

街にはとっくのとうに初雪が降っていて、もうすぐスニーカーが履けなくなりそうだ。足元はまだ少しだけアスファルトの灰色が濃い。

ふと、花の匂いを感じた。

顔を上げると、そこには古い家がぽつんと建っている。こんな場所あっただろうか。陸は大学を卒業してからずっと同じアパートに住んでいる。この道は駅まで続く道だ。もう何千回も通っている。それなのにその古い家を、陸は初めて認識した。

その家は、大きなガラス張りの窓がピカピカ光っていて眩しかった。窓の向こうには草木が生い茂っている。まるでその場所だけ森みたいだ。

その森の中で、ひとひらの薄ピンク色の花びらが、花を見ていた。瞬きが出来なかった。花びらだと思ったそれが、人だと気づいたのは3秒経ってからで、4秒目には森の中へ通じる茶色いドアを引いていた。

重たいドアを開けると、すぐに生々しい花の匂いがした。中に入るまでその家がなんなのかわからなかったが、色とりどりの草花が並んでいるところを見ると、どうやら花屋のようだ。

外から見たらあんなにピカピカ光っていたのに、室内の照明は薄暗く、真昼だというのに夜の世界に迷い込んだ気分になった。

花など別に好きではなかった。ただ、今となってはもう、名前も知らない甘ったるい匂いの花たちに、陸は言葉にしようのない美しさを感じていた。

薄ピンク色のカーディガンを羽織り、紅色のエプロンを身に着けた白髪交じりの女性が、カウンターの奥に座ってぼうっと天井に吊るされている花を見上げている。

彼女は陸に気づくと、真正面からしっかりと陸を見た。ニコリともせず「いらっしゃいませ」と呟き、また天井に吊るされている花を見上げた。

花屋だと思って入ったわけではなかった。ただ勝手に足が動いたのだ。思わぬところで求めてた場所にたどり着いて、陸はやっと我に帰った。

「あの、菊ってありますか」

陸だけが、この店内で生きているように感じた。陸の声は、異物そのものだった。女性からは少しも呼吸音が聞こえない。まるで花たちに吸収されていくように、女性の存在は店内に溶け込んでいる。

「ありますよ」

そっけない声で女性は返事をして、長椅子から立ち上がると、色とりどりの菊を用意してくれた。その花たちはどれもみずみずしくて、まるで生まれたてみたいだ。

「あの、菊を人にプレゼントするのって、変ですかね。いや、その、あげようと思ってる人の誕生花が、菊で。でもやっぱり縁起が悪いかなって」

いざ本物の菊を目の前にすると、言い訳みたいなものが陸の口からスラスラと出てきた。汗が一粒、右目の端を横切る。陸は、眼の前にいるこの人に少しでも良い印象を植え付けたかった。ここにいる植物のように。

「どこの誰が言い出したんですかね」

「え？」

陸の思惑など何も興味がないようで、彼女はただ菊の花を見下ろしていた。

「菊の花が縁起が悪いなんて、どこの誰が言い出したんですかね」

小さい声なのに、女性が口を開いた瞬間、ピシャリと音がした気がした。その声で風が起き、白髪交じりの髪が揺れ、花の匂いが強くなる。

「日本の国花ですよ。もし菊が縁起が悪いなら、日本そのものが縁起が悪いことになります」

女性の眼差しが、1本1本丁寧に菊たちに降り注ぐ。

「確かに」

「それに菊の雫という言葉があります。菊の花びらにおいた夜露や朝露などの雫のことなのですが、飲むと長寿になると信じられていました」

「へえ」

陸は、彼女が菊しか見ていないことをいいことに、ずっと彼女を見ていた。前髪が異様に短くて、細い眉毛がよく見えた。二重の幅が右目のほうが少しだけ広くて、唇の端には小さいほくろがある。窓の外から見た時と変わらず、その全てが陸には花びらに見えていた。

「物事には色々な側面があります。菊以外にも」

話終えると、彼女が視線を上げたので、今度は陸が菊を見た。

「でもきっと、縁起が悪いものに縋りたい人もいるのかもしれませんね」

「ああ」

陸が曖昧に返事をすると、彼女はまた菊を見つめた。

「見てください、これ」

女性が、持ってきた菊たちを陸に差し出す。みずみずしい花だというのに、枯れ草の匂いが鼻先をかすめる。

「可愛いでしょう」

「はい、可愛いです」

反射的に返事をする。

「色々言いましたが、それだけの理由でいいんじゃないでしょうか」

「はい」

陸は絶対に彼女の手に触れないように、筋張って今にも消えてしまいそうな手から菊を1輪手に取った。白くて、1番綺麗に見えた。

「1輪だけでも、買えますか」

「もちろんです」

女性は再び陸の手から白色の菊の花を受け取って、カウンターの奥の部屋へと歩いていった。

「お包みしますので、そこの椅子に腰掛けてお待ち下さい」

言われるがまま、カウンターの横に置いてある小さな椅子に座る。やけに温かい。大きな窓越しの太陽に照らされて、店内にある全てに温もりがあるのかもしれない。

やることもないので、カウンターの上を見回す。様々な雑貨が置いてあった。

黄色いビー玉はなんとかバランスを保っていて、おもちゃみたいなテレビからは再放送の恋愛ドラマが流れている。その横でこたつに入ったペンギンの親子が陸を見つめていた。子供の頃義両親に買ってもらったペンギンのぬいぐるみは、今もあの家にあるのだろうか。

「お待たせしました」

さっきよりも綺麗に着飾った菊の花を持って、女性が奥の部屋から出てきた。青色のブーケは、凛とした菊の花にぴったりだった。

「ありがとうございます」

小さなブーケを受け取る。また、枯れ草のような匂いがした。

「200円になります」

その時初めて、女性のエプロンの右胸につけられた名札が目に入った。『浜田』と書かれている。

頭の中で『浜田さん、浜田さん』と唱えながら、陸は財布から500円を取り出して、カウンターの上に置いた。

「300円のお返しです」

小銭を受け取ってもまだ、陸は『浜田さん、浜田さん』と頭の中で唱えていた。

「喜んでもらえるといいですね」

浜田さんは、本当にそう思っているのかわからないほど無表情のまま、ロボットよりも無感情に思える抑揚のない声で言った。

「そうですね」

陸も、同じくらい無感情な声を出した。実際、喜んでもらいたいという気持ちが心の底になかったからそんな声音になったのかもしれない。

由実のことを忘れたわけではなかった。ただ、陸は花を買うためにこの場所にたどり着いたわけではないのだと思う。その時ずっと考えていたのは、植物になりたいということだけだった。花は余計なことを喋らない。無感情なわけではなく、必要なことだけを放出する。

陸の手の中にある菊は、広がったたまねぎのようだ。どこか攻撃的で、陸を捕まえようとしている。無数に広がる手のひらで。

「あの、名刺とかってありますか？」

「ありますよ」

浜田さんは、レジの横からピンク色のカードを1枚取り出した。

「どうぞ」

「ありがとうございます」

『浜田百合子』と書かれたピンク色のカードを、陸は財布のカード入れの何も入ってない場所にそっとしまう。

「また来ます」

「はい、さようなら」

片手で花を持っていると、茶色いドアは開けづらかった。右肩で体当たりするようにしてドアを押し開ける。

花屋のドアを閉めてから、さようならの意味について考えてしばらく動き出せなかった。あの大きな窓からは、まだ陸の後ろ姿が見えているはずだ。それがわかっていても、陸の頭の中にはさようならがずっと残っていた。

菊に顔を近づける。枯れ草の匂いはしない。

由実は菊を渡しても特に何も言わなかった。陸も、由実の反応はどうでも良かった。

次に百合子さんに会いに行ったのは、初めて会いに行ってから2週間後だ。

あの重いドアを開けた時、百合子さんは確かに目を見開いた。でもすぐに落ち着いた顔に戻って「いらっしゃいませ」と小さい声で呟いた。

今日の百合子さんは花柄のワンピースを着ていて、花が花柄を着ているのは変な感じがすると思ったが、すぐ自分の認識の間違いに気づいた。百合子さんは人間だ。

「あの、この前はありがとうございました」

「いいえ、私は何もしてませんから」

百合子さんの視線は、カウンターの上のこたつに入ったペンギンに向けられている。

「菊って、秋の花なんですね」

百合子さんと、陸の視線が重なり合う。藍色の目だ。暗い室内でもわかった。

それまで何度か百合子さんの視界に入ったことがあったが、本当の意味で目が合ったのは今日が初めてだった。

「この前菊を買ったのは、あげた相手の誕生花だったからなんですけど、相手の誕生日が12月だったから、冬の季語だと思ってました。菊酒とか、菊日和とか、秋に関する菊の言葉っていっぱいあるんですね」

ドアにもたれかかって、陸は一息で喋った。

「わざわざ調べたんですか」

「はい、図書館で」

好かれたいと思ったわけではなかった。ただこの人と対等に話すには、花のことを知らなければいけないと思った。

「変な子ですね」

百合子さんの目尻に数本皺が入る。初めて笑った。蕾が花開いたようだった。

変な子という言葉に特に悪意は感じられなかった。ただ、本当に陸のことを変だと思った。それ以上でもそれ以下でもない、記号のような言葉だった。

「コーヒー飲みますか？」

「はい」

そう言われてやっと、陸はカウンターの近くへ歩いた。百合子さんが部屋の奥から小さい椅子を持って陸のそばに置いた。

ピンク色のマグカップ2つが、カウンターに置かれる。枯れ草の匂いがした。百合子さんの手から、それは香るのだ。

それから陸は週に3、4回コーヒーを飲みに花屋に行った。花屋にはいつも人がいなかった。本当に仕事として成り立っているのかと疑問に思うくらいに。陸はそれが嬉しくもあったが、稼がなくても生きていける女性の私生活が、嫌でも頭に浮かんだ。

陸は家族構成とか、年齢などの込み入った質問はしなかった。百合子さんも陸に特に何も聞いてこなかった。ただ彼女は陸と違って、知りたいのに聞かないのではなく、興味がないから聞かないという理由だと思う。

知るのが怖いという気持ちもあったし、知られるのも怖かった。大人になってからは家庭の話をすることが減り、自分が貰われっ子だという意識が薄れてきていた。百合子さんには、自分が愛されなかった子だと知られるのはなんとなく嫌だった。

ただ、何も怖いことだけではない。知らないことの方が圧倒的に多いけど、知ってることも沢山ある。

コーヒーにはミルクと砂糖を入れないし、クッキーは半分に割ってから食べる。好きなテレビ番組は人が死なないサスペンスドラマで、笑う時には伏し目がちになる。目に見える全てだけが、陸にとっては本物だった。

一度だけ、百合子さんに怖がらずに質問したことがある。

「どうして初めて会った時、さようならと言ったんですか？」

うーんと唸った後、百合子さんはゆっくりコーヒーを啜った。

「若い人が花を買いに来ることは滅多にないし、君はずっとぼんやりしていて花に興味がなさそうだったから」

百合子さんは最初に会った時よりも随分砕けた雰囲気になった。最初は眠りについた冬のような人だと思っていたが、今の百合子さんは花開いた春のようだ。

「でも、また来ますって言いましたよ」

本当はただ見惚れていただけとは言えなかった。

「形式的に聞こえて、本気にはしてませんでした」

「でも、さようならってわざわざ言いますか？」

百合子さんは天井を見ながら考える素振りをして、少しだけ口元に笑みを浮かべると、陸を横目で見た。

「今思えば、印象付けたかったのかもしれません」

「印象？」

「君がまるで愛しい恋人を見るような目で私を見るものだから、少しだけ懐かしい気持ちになったんです」

陸はあまりの恥ずかしさに言葉が出ないのを悟られないように、半分程度残っているコーヒーを一気に流し込んだ。コーヒーの苦味が喉を通って、ごくりという音がやけに大きく店内に響く。

花にしか興味を持っていないと思っていた百合子さんが、まさかあの日の陸の視線をしっかりと感じ取っていたなんて。

百合子さんはもう陸を見ていなかった。薄緑色のハンドクリームを片手に、ぼんやりと花々を見ている。枯れ草の匂いがするハンドクリーム。陸が同じものを買って手につけても、同じ匂いにはならなかった。

「ペンギンが好きな理由がさ、ただ可愛いだけなのがあの人っぽいっていうかさ」

「まあ、そういう人もいるでしょ」

由実は素っ気ない返事をした。まるでこのホテルの室内みたいに。

由実は百合子さんに1度だけ会ったことがある。白色の菊を渡してから1週間くらい経って、陸が花屋に連れて行ったのだ。由実曰く、百合子さんは「生活に疲れている典型的な老人」だという。会ったのはその1回きりだ。「あの人に何度も会うのは時間の無駄」だと由実は言った。陸は特に腹は立たなかった。陸も由実の恋人に会うのは時間の無駄だと思うから。

でも由実は百合子さんの話をよく聞きたがった。そして毎回どうでもよさそうに相槌をした。

「人にプレゼントして、受け取ってもらえるなんて幸福なことだよな」

「私だってもらったけど」

「お前はねだるからだろ」

由実の父親が昔、1度だけおもちゃの指輪をくれたらしい。それ以来、由実は誕生日プレゼントだけは好きなのだと教えてくれた。

「遠慮しないで受け取ってくれるっていうのは、俺にとってはありがたいことだよ」

「確かに、陸のお義母さんは遠慮するよねいつも」

中学生の時に、母の日に義母にカーネーションを贈ったことがある。義母は、申し訳無さそうな顔をして「ごめんね、お小遣い少ないのに気を使わせちゃって」と謝った。それ以来、自らプレゼントをしたことはない。

百合子さんにペンギンの置物をあげたのも、たまたまだった。

スーパーで食料を買った帰りになんとなくゲームコーナーを見たら、ペンギンが寝そべっているガチャガチャが置いてあった。頭に百合子さんの顔が浮かんだ。

陸はすぐに300円を財布の中から取り出して、ガチャガチャを回した。コウテイペンギンの赤ちゃんが目を瞑って横たわっている小さな置き物が当たった。それは百合子さんが1番好きなペンギンだった。

百合子さんにあげるためにガチャガチャをしたというのに、いざ花屋に入ると「これ、たまたま貰って、俺別にペンギンとか好きじゃないから、よかったらどうぞ」なんてしたくもない言い訳が口から溢れ出た。

そんな陸を知ってか知らずか、百合子さんは「ありがとうございます、可愛いですね」とコウテイペンギンの赤ちゃんをまじまじと見つめた。藍色の目に、コウテイペンギンの赤ちゃんが映る。百合子さんの瞳の中で小さな南極が生まれていた。

コウテイペンギンの赤ちゃんは、小さなサボテンコーナーに置かれるようになった。

陸はそれから、花屋に行く時は必ずコンビニでペンギンクッキーを買って行くようになった。陸が黙ってペンギンクッキーを差し出すと、百合子さんははにかんで「そういう時はどうぞってちゃんと口に出すものですよ」と陸を甘やかすように窘めた。

その様子があまりにも愛おしくて、陸は何度も黙ってペンギンクッキーを渡した。そして毎回律儀に百合子さんは陸を甘く窘めた。

陸は由実に百合子さんの話をするが、そういった細かい部分まではいつも話さない。

「百合子って名前、なんか嘘くさいよね」

次は足の爪が気になりだしたのか、由実は左手の人差し指で何度も両足の薬指を弄んでいる。

「そうか？　どこにでもいるだろ」

「花屋で百合子っていうのが嘘くさいんだよ。もしかして偽名なんじゃないの？」

「芸能人でもあるまいし」

百合子さんの話をする時、由実は嫌いな食べ物を口に入れた時のような、苦々しい顔をする。

「最近いつ会ったの」

「由実から呼び出される5時間前」

「ふうん」

百合子さんの店は23時に閉まる。花屋にしては遅い方だ。

「花なんて興味ないくせに」

「あの人は美味いコーヒーを淹れるんだ」

最近そのコーヒーは、中々空にならない。あとちょっとで飲み干すというところで次の一杯が注がれて、そして23時になって表の行灯を消してからやっと空になる。

「喫茶店とか行きなよ」

「別にいいだろ」

「まあ、うちの父親殺したらもう会えなくなるけどね」

殺すという言葉が、由実と陸のいる場所を急に嘘っぽくする。

「会えるよ、出所したら」

陸はわざと明るい声を出した。

「お気楽でいいね」

由実はそんなわざとらしい陸を鼻で笑った。

「なんだよそれ」

「別に。それより、あとちょっとだからね」

1時間後には、由実の父親のアパートに向かわなければいけない。7時頃になると、酒の飲み過ぎであいつは眠る。陸と由実が子供の頃から変わらないルーティンだ。合鍵は持っていた。「一応、家族だからね」と遠い昔に由実は憎々しげに言っていた。

由実はやっと足の指から視線を上げ、陸を見た。

「陸は何か勘違いしてるけど、陸のことを本当に愛せるのは私だけだからね」


7時になる10分前に部屋を出ようとしたけれど、フロントではなく部屋の中で会計するシステムが複雑で、結局部屋を出たのは7時ちょうどになった。

ホテルを出て、あまりの日差しの強さに少し驚いた。4時過ぎの外は薄ら寒かったのに、

7時にもなると日差しが体に染み込んでくる。あんなに静かだった街も、学生やこれから仕事に行く人達がまばらに歩いていて、街に命を吹き込んでいた。

男女の若者が朝から2人でラブホテルから出てきても、誰も気にも止めていない。この街は変わった。

「こんな時間に人を殺そうとするなんて、なんだか不謹慎だな」

陸は思い切り伸びをした。狭い部屋にいると、体が縮こまった気分になる。

「人を殺すのなんていつだって不謹慎だよ」

まあ、それもそうかと思ったのでそれ以上陸は何も言わなかった。

歩いている最中、陸も由実もどちらも口を開かなかった。

厚底のブーツを履いた由実の足音が異様にうるさく感じる。ラブホテルに向かっていた時は何も気にならなかったのに、陸は急に耳を塞ぎたくなった。

「着いた」

ほとんど歩かないで、あいつが住んでいるであろうアパートに着いた。

いつもは思わないのに、今日に限ってなぜかあのラブホテルを百合子さんも目にするんだな、と思った。この街に住んでいるかどうかはわからないが、確かにこの街で百合子さんは花を売っている。

アパートの階段を登ると、聞いたこともないような音がした。その階段は今にも壊れそうで、こんなところに住んでいてはいずれ何もしなくても死にそうだと、不謹慎なことばかりが頭の中を巡る。

「ここ」と由実が指差すドアには、掠れた文字で201号室と書かれている。由実が鍵をポケットから取り出して、鍵穴に差し込んだ。

咄嗟に、由実のその手を陸は掴んでいた。

「俺は植物みたいかな」

陸はぼそっと呟いた。由実が陸の顔を見上げる。陸の目には、由実ではなく百合子さんが写っていた。

雲がやけに多い昼下がりだった。百合子さんは鮮やかな青色のセーターを着ていて、髪の毛をピンクのゴムで1本に縛っていた。百合子さんは何色を着ても似合うが、朝になったばかりの青空のようなそのセーターは、1番百合子さんを美しくしていた。

百合子さんの挨拶は近頃「いらっしゃいませ」から「おかえりなさい」に変わった。陸は「ただいま」とは言わなかった。昼に会っても、夜に会っても「どうも」と会釈をした。

お互い共通点も何も無い2人だ。長い時間一緒にいても、そこまで会話は弾まない。黙ってテレビを見てはコーヒーを啜り、コマーシャルの間にテレビの感想を言い合うのがいつものことだった。

「あなたは、素直でいい子ですね」

ふと、百合子さんが呟いた。もうすでにテレビのコマーシャルは終わって、再放送の恋愛ドラマは告白シーンに切り替わっている。

「なんですか、それ」

百合子さんはたまに、唐突に会話を始める。いつもならテレビを見ながら流し聞きするのだが、その言葉は陸の耳の奥で留まって離れなかった。

テレビから目を離して、百合子さんの方を見ると、憂うような目が陸を突き刺す。植物を見る時の、本当の眼差し。

「こんな老人のところに通って、綺麗な透き通った目をしてコーヒーを飲んで、つまらない話に笑って、それって素直でいい子ってことです」

青色のセーターの毛糸が、宙に舞う。その糸は百合子さんの項にぴたりと張り付いた。

「別につまらなくなんてないですよ」

わざとおどけた声を出す。真剣な雰囲気にしたら、泣いてしまいそうだったから。でも、右端の口角だけがぴくりと嘘くさく動くだけで、それは笑顔からほど遠かった。

「わざわざ興味のない花屋に通ってまで」

からかうように、百合子さんは横目で陸を見ながらコーヒーを一口啜った。百合子さんは陸よりも圧倒的に年上なのに、その視線はまるで大人ぶった少女のようだった。

「それにあなたは、植物みたいな人です」

陸は今でも植物になりたいと思っていた。百合子さんを囲む植物になって、たった一瞬でも愛されたいと。

そんな陸の心を読み取ったかのように、百合子さんは陸が心から望む魔法の言葉を口にした。

この人はやっぱり花なのだ。ただそれだけのことで、陸は確信した。

「植物、ですか」

「あなたは立派な大人なのに、少しも曇りのない目をしていて、それが私は好きです」

好きですという言葉には、特別な意味は感じられなかった。その言葉は、本当にただの『好き』で、それ以上でもそれ以下でもなくて、誤解をするのもおこがましいくらいにまっすぐだった。

「あなたと同じ世代じゃなくて良かったです。きっと今だから、年をとったから、あなたの良さがわかるのだと思うから」

「うん、はい、そうですね」

陸は涙を堪えながら、下手くそに相槌を打った。

百合子さんは出会った頃から、一貫して率直な人だった。それが、陸にとってはずっとありがたいことの1つだった。

そこに愛があるのはわかっていた。陸は愛の欠片も知らないというのに、百合子さんのことをほとんど何も知らないというのに、あのガラス窓の向こうで、百合子さんを見つけた時、確かにあの時から愛が形となって動いていたのだ。

何かの本で見たことがある。愛は、裏切られてもいいと思うことだと。でも、陸は百合子さんを見て、そうではないと思った。もちろん、陸は百合子さんに裏切られてもかまわない。でも、違う。百合子さんは陸を裏切らない。陸はそれを知っているのだ。裏切るのかもしれないという疑いは、陸の心に少しもなかった。いつか捨てられるのかもしれないと義両親に思い続けているのに、数ヶ月しか関わっていない美しい赤の他人に、信頼ともまた違う確信を覚えている。

1本に縛った髪の毛から、菊の花よりも透明な白髪が数本飛び出していた。

「俺も同じように思います」

陸がやっと返事をすると、百合子さんは満足したのかテレビの方に目を向けた。どうやら告白は成功したようで、画面の向こうでは若い男女の2人が抱き合っていた。

由実が苛立っているのはわかっていた。でも、陸の言葉は止まらなかった。

「俺はさ、俺の人生を許せる気がしたんだ。お前といる時は呪うことで保ててた人生を」

由実は鍵穴に鍵を差し込んだまま、陸を睨んでいる。

「植物みたいって何」

「あの人は、俺のことを植物みたいだって言った。なんのことだと思うだろ？　でもすごいことなんだよ。俺は何も気の利いたことは言えなかったんだけど、ただ、その言葉が、愛だといいのにと思ったんだ。それが愛なら、俺はもう俺の人生を許せる気がした。愛しているとか、愛されているとかじゃなくて、ただあの瞬間が愛なら、嬉しかったんだ。すごく丁寧な贈り物みたいな言葉だと思った。愛されたいってずっと思ってたけど、本当は愛されたいなんて思う必要もないくらい、当たり前に甘ったれて生きていたかった。でも、もうそうなれる気がするんだよ」

興奮して声が大きくなってしまったのか、アパートの壁に反響して陸の声はやけに響いた。

「植物みたいだねって、素直で良い子だねって、言われてさ。あの人は、俺のことをちゃ

ん と俺のままで見てくれてる。俺がしたことをなかったことにしないんだ」

「それって今話さなきゃいけないの」

由実は陸を責めるように、わざと小さい声で低く喋った
「わからない」

「わざわざなんで今その話をしたの？　こんな時間に、この場所で2人でいるところを見られれば、すぐに通報されるかもしれないじゃん」

「何もしなくていいって言っただろ」

「は？」

「昔、俺に何もしなくていいって言っただろ」

あの日のことは忘れない。初めて頬に触れられた日。

「だから何」

由実の声がどんどん棘を帯びていく。

「義両親にも言われたんだ、陸君は何もしなくていいって、いてくれるだけでいいって。それはありがたい言葉なんだけど、俺は、してくれてありがとうの方が嬉しかった。俺はいてもいい存在だって思えたんだ」

「私も結局呪いだって言いたいの」

「そうじゃない、ただ、俺は」

「何、今更やめるとかなしだよ。それとも最初から本気じゃなかった？」

陸の言葉を遮る。由実の声は震えていた。

「違う、そういうわけじゃ」

由実が鍵から手を離し、体ごと陸の方を向いた。厚底のブーツを履いている由実は、陸の背と同じくらいだ。

「ねえ、そんなしょうもない恋愛もどきで怖気づいて私達の人生無駄にするの」

小さい声なのに、叫ぶように由実は言葉を吐き出した。

「恋人とか、好きな人とかは移り変わるけど、私と陸はそうじゃないでしょ。私達にしかわからない世界も全部捨てて幸せになれるわけないじゃん。私が愛するよって言ったじゃん。陸にとっての愛が私じゃなかったらずっといっしょに生きてきた時間はなんだったの？　セックスして、結婚して、それだけが愛？　それに捨てられて犯されてきたのに？陸も私を殺すの？」

由実は今まで陸の色恋に嫌悪感を示したり、からかったりすることはあっても、拒絶したことはなかった。

「由実のことは兄妹みたいに思ってるよ」

本心だ。由実のことは、同い年だけど手のかかる妹のように大切に思ってきた。

「家族なんて嘘っぽちなものに私達を当てはめないでよ。私達はただの友達だし、唯一無二の友達でしょ」

由実の顔が眉間に皺を寄せてぐしゃぐしゃに歪む。犯されたと告げた時にも、こんなに苦しげな顔はしなかった。

由実のことは大切だ。百合子さんとは違う意味だが、由実への感情もしっかり愛情だろう。でも、愛しているわけではない。抱いたものをあげられはしない。

「私が犯されたのだって陸のせいじゃん」

「俺の、せい？」

由実の言葉は陸にとって衝撃そのものだった。陸が一体何をしたというのだろうか。

「そうだよ、私のこと見ないから。陸が気づいてくれれば私だって言えたのに。嬉しそうにおばさんの話ばっかりして、私が何考えてるか知りもしないで」

確かに、ここ最近の陸は百合子さんの話ばかりをして、由実の話は聞いていなかった。

「あいつが家に来るようになったのも、母親に相談しても聞く耳を持ってくれないのも、全部言いたかったよ。でも、陸は私のこと見てないじゃん。今になってもまだ、百合子さん百合子さんって、いい加減にしてよ」

「言ってくれれば」

そう言葉にしたものの、陸は自分がいかに愚かだったのかを思い知らされた。

何も気づかなかった。由実がそんなに悩んでいたことも、由実の環境が変わっていたのも。

「陸が私を置いてくだらないことで私を捨てるのは許さない」

「別に、置いてこうなんて思ってない」

「わかってない、陸は。普通の幸せなんて、そんなの元々手に入れられないの。ここから生まれるんだよ。今までが墓場だったの」

由実の声はほとんど絶叫に近かった。

泣き叫ぶ由実を見て、陸はようやく由実の顔を認識した。鼻水と涙でべちょべちょになった顔に、12歳の時の面影が見える。

「陸が誰かを愛せるわけないじゃん。今更まともぶらないでよ。良くしてくれてた義理の両親も愛せないのに、赤の他人にちょっと優しくされたからって簡単に変われるわけないでしょ。私のことだって大切にできないくせに」

由実の言っていることは全部正しい。

陸と由実が共有してきた歳月と、百合子さんと過ごした数ヶ月を天秤にかければ、どちらが重いかは明白だろう。でも、どちらが幸せかと聞かれれば、それもまた明白なのだ。

由実は陸の心の支えだった。苦しさを分かち合える唯一だ。ずっとそれは変わらない。でも由実と分け合う全ては、不幸を無理にオブラートで包んで柔らかそうに見せるだけの作業に過ぎないのだと、陸はこの数ヶ月で知ってしまったのだ。それでも良かったのだ。今日、こんなことになるまでは。

「1人にしないでよ」

仁王立ちして陸を睨みつけていた由実が、その場に崩れ落ちる。か細い声は、陸の耳にだけ届いた。

今更気がついた。由実は陸なのだ。

愛されたいのは、由実も一緒だった。知らなかったでは済まされない。陸は見ないようにしていた。受け入れたくなかっただけなのかもしれない。こんな歪んだ関係を。

幼いまま育てた歪な愛情は、否定できないほど根深くなった。陸が欲しかったのは、どこから見ても綺麗な形をした愛だった。黄色いビー玉みたいにまん丸の。それが百合子さんだった。でも、憧れは憧れのままだ。

目の前で肩を震わせている親友を置いて、甘い匂いがする場所に帰るのは簡単だ。でも、それは陸には似合わない。陸は貰われた子供なのだ。

由実の言ったことに少しも腹が立たないのは、由実が大切なこともちろんだが、いつかこうなる日が来ると思っていたからだった。貰われっ子にふさわしい現実が迎えに来ると。

間違っているのは知っている。でもあの日、確かに陸は由実に救われた。義両親とは違う「何もしなくていい」という言葉に。1人ぼっちだった陸を最初に救ってくれたのは、由実だ。

「置いてかないよ」

今度は陸が鍵を握る。生ぬるい金属の感触は、少しも温かくなかった。

このドアの向こうが、わかりやすく輝く地獄だとしても、あいつを殺すしかない。

なぜなら、陸は幸せを踏み潰すために生まれたのだ。最初から分け与えられる人間だったなら、実の両親に捨てられるわけがない。陸が間違っているから、捨てられたのだ。そうでなければいけない。

陸が鍵を開けると、由実は立ち上がってドアノブを回した。

ドアを開けた瞬間、むわっと生ゴミの匂いが外まで広がってきた。恐る恐る歩を進める。薄暗い部屋の中は、缶やコンビニ弁当のゴミで溢れていた。

ドアを閉め、陸が立ち尽くしていると、由実は足でゴミを壁際に寄せて土足のまま部屋の中を進んでいく。部屋の脇にある、かつてキッチンだった物置場所から器用に包丁を取り出して、息を吹きかけて埃をはらった。

ゴミが散乱したテーブルの上に、青色の花瓶が置かれている。しなびて黄ばんでいたが、そこには白かったはずの菊の花が飾られていた。陸は何も聞かなかった。そんなことはもうどうだっていい。

生ゴミの中心で、あいつは寝転がっていびきを立てている。口の形が由実に似ていた。陸は初めて肉眼で由実の父を見て、殺してもいいという気持ちを超えて、あいつは死ななければいけないと思った。

フローリングでは、アスファルトよりも由実の足音は大きく響いた。

それからは、まるで2倍速の映画を観ているみたいだった。

由実は躊躇もなく大股で部屋の中心まで歩を進め、大の字で寝ている父親の心臓に向かって、思い切り包丁を振りかぶった。ぐにゅっと、野菜を切った時のような音がする。多分あいつの体はナスビで出来ているのだ。何度も何度も由実は包丁を抜いては刺してを繰り返したけど、小さなうめき声すら聞こえなかった。

真っ赤に染まった包丁を手に持ちながら、由実が振り返る。なぜか由実の姿はぼやけて見えた。上下ともに真っ白いパジャマについた返り血は、トマトソースだと言われればそういう風に見えた。

陸はズボンのポケットから財布を取り出して、ピンク色の名刺を手に取った。そこには百合子さんの名前と花屋の電話番号が書いてある。電話をかけたことは1度もなかった。10桁の番号を打ち込む。電子音が耳にうるさい。由実は陸のことをじっと見ていた。陸も、スマホを耳につけたまま由実から目を離さなかった。

『もしもし』

3コール目で百合子さんは出た。電話越しに聞こえる声から、枯れ草の匂いがする気がした。

「もしもし」

『ああ、陸君。どうしましたか』

電話をかけたことは1度もなかった。だから、陸の番号を百合子さんが知るわけもない。それなのに、百合子さんは陸の名前を呼んだ。陸はその時、初めて両親を恨んだ。

どうして陸を捨てたのだ。両親がいれば、義両親の優しさを他人として素直に受け取れただろう。百合子さんの手に触れて綺麗だと口にできただろう。由実のことを愛せただろう。

そして恨みを覚えて初めて、今まで1度も両親を恨んでこなかったことにも気がついた。

うす汚い窓の奥から、雪が降っているのが見える。もう春なのに。春のはずなのに。真っ赤に染まった由実と、もう真っ白にはなれない陸に1番似合わない春の雪。

「僕は、素直で良い子ですか」

由実の目を真っ直ぐ見ながら、陸は贈り物みたいな言葉を口にした。こんな流刑の地に似合わない言葉を。

由実の唇が小さく動く。

「ばかだぁ、陸」

声は聞こえないが、確かに唇はそう動いていた。由実の顔に薄っすらと涙が伝う。泣き笑う顔は、しっかりと24歳の顔をしていた。

『さっきコンビニで君の好きなペンギンクッキーを買いました。今日も来るでしょう。待ってますね』

通話ボタンを自分で切ったのか、それとも勝手に指で押してしまったのか、もう陸にはわからなかった。無機質な音が耳奥に鳴り響く。

顔が冷たい。ずっと堪えてやっと流れた涙は、悔しさでも恐ろしさでもない。ただの愛おしさだ。

真っ白い服を血に染めた由実は、あの日初めて買った菊の花にそっくりだった。

君は僕のエレジーみたいだ

どうしたって僕は愛が好きだ。

愛はきらきら光る。朝日に照らされる北極みたいに。

愛は笑ったり泣いたり忙しい。疲れたら眠り、気に入らないことがあれば怒る。

愛はいい匂いがする。甘ったるい綿菓子とか、花壇に仕方なく住み着いた花とか、そんなような。

見たことも聞いたこともないから、僕の想像に過ぎないけれど、でもきっと愛ってそんな感じ。

知らないから言えることだが、哀しいことはいつも愛の形をしている。いつか食べた大好物も、同じ味は二度とない。だから、手のひらいっぱいに落ちこぼれた優しさはいつまでも拾えない。

ふさわしさを考える。甘い光に照らされて。

夕方目覚めて、君から連絡が来ていた時のような、そんな思いがけない良いことでしか僕は生きられない。良いことを待ち始めたらもう巡り会えないとわかっているのに、追いかけている時だけは何も考えなくて済む。

時間は毎秒僕を呪う。どれだけ生き急いでも追いつけない。自分の力だけではどうしようもないことなのに、時間は人生において特別で、迷惑なくらい正確だ。

はじまりはいつもおわりのためにあって、どちらも下手くそな自分のために含まれているレールだ。昔はゴールだったものが今はスタートになり、何も選べないのに結末を知りたがっている。

出会った人は分岐点だ。良い人も、悪い人も、あいつも、あの子も、母も、父も、君だって。僕を作り上げてきたすべてで、僕が捨てられないすべて。

無償の愛という言葉があるが、やっぱり僕はそれも知らない。母が、父が、僕に与えたものの中に、そんなものは含まれていなかった。僕が知っていることは、暴力は人を黙らせられるということ、顔を殴ったら罪がバレやすくなるということ、それを誰にも言ってはいけないこと。教えられていないルールは、大人になった今でも体に染み付いている。

外の世界で愛を求めても、いつだって求めたものはもう既にぎっしり中身が詰まった段ボール箱みたいで、今だってそうだ。君はいつも幸せそうに笑う。無償の愛みたいに。

「お前は誰も愛せないよ」

つまらない喧嘩の最中に、親しい友に言われた言葉。何も言い返せなかった。僕もそうだと思ってるから。

誰かのことを大切にしようとしても、僕にできることが思いつかない。誰かは僕のことを確かに一瞬でも幸せにしてくれるのに、僕なんかができることなんて何もなくて、代用品になれるかどうかだけを考える。してもらったことばかりを吐いて、してあげられたことは少しも言えない。一瞬を何度も続けているだけ。ほんの少し、暇を潰せるような人間にでもなれたらと。でも結局は20分も続かないような沈黙なんだ。

こんな独りよがりに、意味はない。欲しがってばかりなら子供にだって出来る。僕はもう立派な大人で、過去の痛みに執着するほど落ちぶれちゃいない。愛を知らないから愛がわからないなんて言いわけで、目に見えないものに答えを求めるのはナンセンスだ。

結局僕は誰でもいいから構ってほしいだけなのかもしれない。愛だの恋だの耳障りのいい言葉ばかりを並べて、正当化している。

いつまでも心に付きまとうあの人も、どうしたって腐ってくれないあいつも、これから会いに行こうとしている君にも、僕は結局触れることすらできないのだろう。僕は弱い。責任を取らないまま永遠に愛に見惚れていたいのだ。

思い出してみる。選んだ今日のそれなりを。適当に就職して、適当な人と付き合って、適当に振られて、適当に生きていた。人生に期待してはいけない。糠喜びは不幸よりも苦い蜜だ。

思い返してみる。苦しかった昨日の若さを。面と向かって人に好きだという浅ましさ、嫌いだと嘘をつく幼さ、僕は尻尾を振っている。

話し言葉よりも、書き言葉が得意で、考える時間があるからいつも僕はずるい。どうしても下手くそな相槌が人生に付きまとう。わかりやすく笑顔を振りまいて。

寂しいって感情は贅沢品だと思う。それは、誰かがそばにいることで初めて成り立つものだ。ずっと家の片隅で膝を抱えているばかりの生き方が当たり前なら、その現象に寂しいという名前はつけないだろう。誰かの温もりを知り、孤独ではなくなった瞬間に人は本当の孤独を知り、贅沢で苦しい感情を手に入れる。僕はいつからか贅沢になってしまった。

始発列車が動くまでのほんのわずかな時間、どうしようもない夜があった。泣いてしまえば済むけれど、全てが終わってしまうような。ひとりきりで布団で体を隠して「帰りたい、還りたい」と唱える夜が。まばらな夜明けが本物の朝になる前に僕を迎えに来て、そうすればもう怖いものはなかった。会いに行ける人がいた。

目は口ほどに物を言う。君を好きになってからの僕にはその言葉がぴったりだ。愛を知らない僕にとって、好きは貴重な表現方法で、僕は本当に何も持っていなくて、持っていないものばかりを数える人生だった。

でも、ずっと好きでいる。自分の気持ちの強さだけを頼りにこれからは生きていく。それだけしか思い浮かばなくて、でもそれだけでいいんだと、自分に言い聞かせている。絶対もずっともどこにもないのに、ずっと好きでいると、君に言い続けている。

「囚われてるよ」

他人が叫ぶ。

僕は間違っているのだろうか。

エンドロールが流れて手を振る恋人。記憶の中で何度も愛されている子供。フィクションの中は夢みたいで安心だ。いつまでも眠っていたい夢。現実から小さな箱に飛び込めば、知らない感情も生み出せる。嫌いなやつを殺しても捕まらないし、愛してると叫んでも許される。

同じ題材にして違う誰かを描くと、どうしたって似たようなことばかりが連なってしまう。仕草も、声も、全部本当は君だけでいい。現実だってそんなつもりの日々だ。自己満足だってわかってる。昔から知っている。でも仕方ない。ただ許されないまま歩いていたい。道なのかもわからない場所を。

間違っていてもいいのかもしれない。評価されたいわけじゃない。ただ、寂しさを教えてくれたすべての人が、わかってくれると信じてるから。笑わせてあげたい、泣かせたくない。そんなシンプルな思いを疑いたくない。いつも素直になることだけができなかった。

何の価値もないこの手でも、君が握ると何故か尊くて美しい宝物のような気がした。この指で君の涙を拭った。この声で君の文字を読み上げた。この鼻がいつも思い出を記憶した。この胸が吐き出すために唸ってる。

僕を包む藍色の夜が今日も静かに街を照らして、沈まない朝はきっと僕が眠れるように酒を飲んでいる。ずっと好きでいたいだけの幼さでも、待っていてくれるだろうか。

結ばれないための運命に、世界は滅ぼされる。夜にしか見えない太陽が星を食べ尽くす。それでもいい。僕が君をどうしようもなく好きだということを、君は何よりもわかっている。

生まれるずっと前に流行った別れの曲の中、最初のワルツを踊る。まるで少女のように君は僕にしがみついた。百合の匂いがする。もう音楽は聴こえない。体温が汗と交じる。君の呼吸は不規則になり、腕の力だけがどんどん強くなる。君は何も言わない。僕も黙って君の背中に手を回す。

あの瞬間だけ、僕は君の腕の中で愛になった。

僕の勝手な自己満足が、君を想うだけの自己愛が、君に救われて始まった僕の人生が、君の心に届き、ほんの少し君の気休めになったのなら、それは僕の生まれた意味だ。

言葉に救われて言葉に固執してきた僕が手に入れたのは、語らなくても伝わり合い、そして確かめ合わないという事実だった。名前はつけないままでいい。君の目は僕を知っていて、僕の目は君を知っている。

ふさわしさを考える。甘い光に照らされて。

最初からこの言葉だけが言いたかったのかもしれない。込み上げてくる優しさの毒も、傲慢でずるい綺麗な嘘も必要ない。本当に言いたいことはいつでも一言だ。何を言わなくて良くて、何を言ったら良いのか。

どうしたって僕は愛が好きだ。この狭い宇宙でほんの少しだけ言葉を着飾って。

出会った人は分岐点だ。良い人も、悪い人も、あいつも、あの子も、母も、父も。

でも出来ることなら、君だけは終着点であって欲しい。幼い戯れなのだとしても。

こんな愚かな僕を言語化できる、唯一の魔法があるとするのなら。

「君は僕のエレジーみたいだ」

あとがき

若すぎもせず、歳も取りすぎていない20代後半という中途半端な年齢は、生活をしていくには苦労はしませんが、夢を追うには少し窮屈でした。

私はもう、小説を書くのをやめようと思っていました。もっと正確に言えば、既に小説は書けなくなっていました。10代の頃から追いかけていた夢はどんどん濁った色を放ち、今度は現実が光り輝くようになっていったのです。

去年、私は1人の女性に巡り逢いました。こんばんはから始まったなんの変哲もない出逢いでしたが、私は彼女の眼差しに捉えられた時、消えかけていた夢の隙間の続きが見えた気がしたのです。

彼女に会って、私は1年ぶりに新作の小説を書き上げました。一晩で書き上げた短い物語は、今まで書いたどの作品よりも美しく、私の心を燃やしました。

この作品がもし受賞しなかったら、小説家になるのを諦めよう。そういう気持ちで賞に応募した作品が「完璧な夜」です。

「完璧な夜」は、私が生み出した我が子のように愛しい作品であり、それでいて私を小説家として生み出した尊い母のような作品です。

あの夜に私に出逢ってくれた女性は、暗闇の中1人で燻っている私に舞い降りた天使でした。


今作のほとんどの短編が、年上の女性とのロマンスを書いています。ここまで偏った作品集を作るのは、これが最後となるでしょう。

とにかく美しい作品集にしたいと思いました。私の中にあるエゴと理想と思想を全部ごちゃ混ぜにしたものがこの作品集です。

しかし、年上だから美しく好ましいと言いたいわけではありません。

私は永遠が好きです。永遠というものは実態がなく夢のように感じますが、私は過去の中にだけは永遠が存在すると思っています。過去は誰にも変えられず、その場所に留まっている事実です。年齢は目に見えてわかる唯一の過去で、私は刻まれた過去に永遠の形を見ます。

ただ私は、永遠に触れるにはあまりにも幼すぎました。

スピッツの「遥か」という曲に「君と巡り合ってもう一度サナギになった　嘘と本当の狭間で消えかけた僕が」という歌詞があります。

私は自身の醜い幼さを殺すために、この作品集を書いたのかもしれません。

ここまで「完璧な夜」に感謝を述べる文章となりましたが、なぜかタイトルは「君は僕のエレジーみたいだ」です。実はデビュー作のタイトルは絶対にこれにしようと5年前から決めていました。

楽しい歌や嬉しい歌を聴く時はさまざまな人の顔を思い出しますが、哀しい歌を聴いた時だけは愛する人の顔だけが思い浮かびます。

哀しい歌を聴くと、どうか愛する人が同じ気持ちにならないようにと願い、それと同時に、私も愛する人にとっての哀しさになりたいと浅ましく重たい気持ちを抱くのです。

いつしか哀しさに心を押しつぶされた私は、感情の消費に疲れて睡魔に誘われ、暗闇の中ひとりで目覚めた時、耳元で囁く歌は愛する人に蝕まれた私の愚かさをいつまでも歌っています。

私にとっての「月が綺麗ですね」は「君は僕のエレジーみたいだ」なのです。

最後になりますが、私を選出してくださった今田様、最後まで寄り添ってくださった早坂様、丁寧にやり取りをしてくださったにのみや様、いつまでも忘れないでいてくれる親友、舞い降りてくれた天使のようなあなた、そして最後まで諦めなかった私へ。心から感謝の言葉を述べさせていただきます。

この作品を読んでくださった全ての人に、完璧な夜が訪れることを願っています。

星埜《ほしの》まひろ

■星埜《ほしの》まひろ

1997年生まれ。北海道出身。
『野田君は野田君にしかなれない』が第2回コルクラボ覆面編集者大賞推薦作に選出。
しろくまとたまごやきが好き。

君は僕のエレジーみたいだ

二〇二四年十月十七日　初版発行

著　者　星埜《ほしの》まひろ

発行者　今田久士
発行所　ＲＡＮＧＡＩ文庫
〒八〇二―〇〇七一
福岡県北九州市小倉北区黄金一―七―二二
シャルム黄金一―七〇二

企画　早坂類
カバーデザイン・画像　星埜まひろ
ＤＴＰ　にのみやさをり
印刷・製本　サンライズパブリケーション株式会社

ISBN978-4-909743-11-4 C0093